Cachemir rojo

CHRISTIANA MOREAU

Cachemir rojo

Traducción de
Julia Calzada García

Grijalbo

Papel certificado por el Forest Stewardship Council®

Título original: *Cachemire rouge*
Primera edición: enero de 2025

© 2019, La Librairie Générale Française
Derechos de traducción mediante acuerdo con La Librairie Générale Française,
2 Seas Literary Agency y SalmaiaLit
© 2024, Penguin Random House Grupo Editorial, S. A. U.
Travessera de Gràcia, 47-49. 08021 Barcelona
© 2025, Julia Calzada García, por la traducción

Penguin Random House Grupo Editorial apoya la protección de la propiedad intelectual. La propiedad intelectual estimula la creatividad, defiende la diversidad en el ámbito de las ideas y el conocimiento, promueve la libre expresión y favorece una cultura viva. Gracias por comprar una edición autorizada de este libro y por respetar las leyes de propiedad intelectual al no reproducir ni distribuir ninguna parte de esta obra por ningún medio sin permiso. Al hacerlo está respaldando a los autores y permitiendo que PRHGE continúe publicando libros para todos los lectores. De conformidad con lo dispuesto en el artículo 67.3 del Real Decreto Ley 24/2021, de 2 de noviembre, PRHGE se reserva expresamente los derechos de reproducción y de uso de esta obra y de todos sus elementos mediante medios de lectura mecánica y otros medios adecuados a tal fin. Diríjase a CEDRO (Centro Español de Derechos Reprográficos, http://www.cedro.org) si necesita reproducir algún fragmento de esta obra.

Printed in Spain – Impreso en España

ISBN: 978-84-253-6774-8
Depósito legal: B-19148-2024

Compuesto en Fotoletra, S. A.

Impreso en Black Print CPI Ibérica
Sant Andreu de la Barca (Barcelona)

GR6774A

*Para Camille, más agradable y preciada
que el hermoso cachemir*

*Para los parias de la tierra,
para la famélica legión*

1

Flores

La estepa fluye con cada estación,
su luz ilumina el cielo cambiante,
que mece mi infancia a su mismo son
en un lago de plata deslumbrante.

Bolormaa se escabulle fuera de la yurta donde su padre y sus dos hermanos, Tsooj y Serdjee, están debatiendo sobre el destino de la familia.

Enhtuya, su madre, está ocupada lavando los cuencos de metal donde han comido el estofado de cordero. Una sensación de gravedad flota en el ambiente. Es una conversación entre hombres en la que Bolormaa no puede participar, a pesar de las preguntas que se muere por hacer. Sin embargo, no le disgusta escapar de esa pesada atmósfera.

Fuera, el contraste resulta sorprendente. La primavera se extiende por la estepa con tonos brillantes y poco le importan sus preocupaciones. Es su estación favorita, un momento perfecto para saborear los coloridos paisajes de un verde fabuloso, salpicados a lo lejos por sombríos bosques. Los días ya son cálidos y soleados, mientras que las noches siguen siendo muy frías. Las cimas de las montañas todavía están cubiertas de nieve invernal; este año ha caído tanta que debería tardar semanas en derretirse.

—¡O-ho! —grita Bolormaa, poniendo las manos a modo de altavoz.

Su llamada se pierde en el viento de la llanura. Respira el espacio que se abre ante ella, sobre la hierba espesa cubierta de anémonas hasta donde empiezan las montañas purpúreas.

Se tumba sobre el suelo helado para contemplar la inmensidad del cielo constelado. Las estrellas son tan numerosas y brillantes que casi se ve como a plena luz del día. Ningún tipo de iluminación molesta perturba ese lugar de ensueño, ni siquiera las llamas de una hoguera. El clima sigue siendo demasiado inclemente tras la puesta de sol como para pasar las noches alrededor de un fuego. Bolormaa no logra entregarse al fabuloso espectáculo; un nudo de preocupación le constriñe el estómago y le impide respirar profundamente el aire fresco. El viento es tan punzante que le agrieta los labios. Sus oídos, convertidos en carámbanos, captan el pisoteo de los cascos de los caballos en su cercado. Una sombra de aprensión le vela el rostro en forma de luna llena.

En circunstancias normales, cuando llega la primavera, los nómadas desmontan sus yurtas y recorren a caballo el irregular terreno estepario, lejos, hasta las montañas, allí donde las cabras viven en libertad. Tras haber pasado el invierno a unas temperaturas extremas de –30 °C o –40 °C, han desarrollado un grueso vellón de lana para protegerse del frío y, cuando el aire se vuelve cálido, empiezan a mudar.

Entonces la llanura entra en efervescencia. Todos los ganaderos van a buscar los rebaños con sus familias. Cada animal debe ser cuidadosamente peinado para obtener la tan codiciada fibra que se esconde bajo el pelaje largo, a partir de la cual se produce el cachemir.

A pesar del agotador trabajo que le espera, Bolormaa siempre celebra esa costumbre ancestral que se repite cada año alrededor del mes de mayo. Hay que reunir a cientos de estos animales con la ayuda de caballos, peinarlos uno a uno para obtener la lana y después limpiarla, que consiste en separar el preciado vellón de los pelos duros y de todas las impurezas antes de transportarlo a los centros de producción. Tener experiencia es indispensable para inmovilizarlos y evitar cualquier riesgo de lesión. Bolormaa se las arregla perfectamente. Desde bien pequeña siempre le ha encantado tocar la incomparable delicadeza de esa especie de nube blanca tan ligera.

Aunque ese material tan codiciado por los mayoristas es lo que da para vivir a toda su familia hasta la primavera siguiente, Bolormaa tiene permiso, por favor especial de su padre, para quedarse el vellón de las cinco primeras cabras que esquila para su uso personal. Con ello, más adelante, confeccionará un suéter que venderá en Ordos, donde los occidentales van a comprar sus provisiones.

De pequeña, observaba a su abuela mientras le enseñaba la técnica. Ella le mostraba los movimientos correctos mientras le decía que tenía un don y que la relevaría cuando dejase este mundo. Bolormaa tiene un talento innato para adivinar los gustos de las hermosas turistas que compran sus prendas de punto. Desde hace algunos años, incluso se ha aventurado a probar tintes de composición propia.

Este año ha decidido dar el paso y atreverse a confeccionar un suéter con sus propias manos. Será la primera vez que realice dicha tarea sola, pero sabe que el espíritu de su abuela cuidará de ella y la guiará.

Mientras admira la bóveda celeste, Bolormaa piensa en el rojo que ha creado mediante una aleación secreta. Una mezcla sutil de distintas plantas recogidas al pie de las montañas, en ese océano en movimiento formado por millones de flores de colores, y pacientemente secadas y conservadas a la luz en odres herméticos.

¡El rojo más hermoso que existe!

De pronto, un clamor proveniente de la yurta la saca de su ensueño. Oye voces enfadadas, ha estallado una discusión que la trae de vuelta a sus preocupaciones.

Tsooj y Serdjee, sus dos hermanos pastores, han llegado de la montaña a última hora de la tarde tras cabalgar todo un día. Han dejado el rebaño a cargo de los otros cabreros para ir a hablar con su padre.

Están haciendo un pulso con Batbayr. Esta vez están decididos a cambiar las tradiciones. El invierno ha sido demasiado duro y se encuentran desanimados. Toda Mongolia Interior se ha visto duramente golpeada por el *dzud*, una ola de frío extremo que invade las tierras durante el invierno tras un verano caluroso. Enormes nevadas les bloquearon el paso y enseguida se quedaron sin reservas de combustible y alimentos. Cuando la nieve impide que el ganado paste, hay que darle forraje. Habían recogido un poco el otoño anterior a mano, por falta de maquinaria, pero un verano demasiado seco había dañado los pastos. Con poca hierba, los rebaños no engordan lo suficiente para poder sobrevivir al frío extremo. De manera que, por falta de forraje, las cabras se morían de frío y de hambre. Tsooj y Serdjee ya no podían hacer frente a la situación, estaban presenciando una hecatombe. Decenas de animales yacían congelados a su alrededor. Habían perdido la mitad del ganado y casi la vida. Hace veinte años los *dzud* eran poco comunes, pero ahora cada vez son más frecuentes. Mongolia parece estar siendo víctima de un gran cambio climático. Para los ganaderos, no cabe duda de que las temperaturas y el medio ambiente han cambiado en los últimos diez años. Tsooj y Serdjee se niegan a enfrentarse de nuevo a estas condiciones inhumanas y quieren dejar la producción de lana y encontrar trabajo en la ciudad.

Sin embargo, ahora es su padre con quien deben encararse. Batbayr está ferozmente apegado a la tierra de sus antepasados y a la sobria vida nómada, a pesar del clima adverso.

—Un hombre nace en la yurta y muere en la estepa —declara indignado ante las voces hostiles de sus hijos.

Bolormaa se tapa los oídos.

Los gritos sacrílegos de sus hermanos suenan por encima de los de Batbayr, más débiles, y le dan a entender que no se doblegarán ante el patriarca. Como en el rebaño de yaks, los machos jóvenes dominantes desafían el poder del viejo jefe. Deberá ceder.

Bolormaa sabe lo que eso significa. Harán la última esquila de primavera, después venderán las cabras a un productor chino y se acabarán los espacios amplios y la libertad. Tendrán que asentarse en la ciudad, vivir enjaulados en una casa de hormigón, trabajará confinada en un taller de confección sin ver el cielo durante horas y horas y, cada día, vuelta a empezar. Bolormaa está desesperada. Tener que renunciar a ese tiempo infinito, a esas llanuras inacabables, a esa simbiosis íntima con la poderosa naturaleza le rompe el corazón.

La felicidad es un cristal que se quiebra justo cuando más brilla. «Cristal» es el significado de su nombre mongol, Bolormaa.

De pronto, siente toda la fragilidad de una grieta que amenaza con partirla en dos. Cierra los ojos y se postra con la cara contra el suelo. Su larga trenza se desliza hacia un lado mientras medita invocando a Buda y Tengri, el espíritu del gran cielo azul, de las montañas, del agua y de la tierra. La «religión de las estepas» no tiene ni doctrina ni escrituras sagradas. Lo único que cuenta es la observancia de las reglas y la importancia de estar en armonía con el mundo que hay alrededor. Bolormaa pide a los manes que ayuden a su familia.

Se levanta, adolorida por el frío que le atraviesa la chaqueta gruesa y cálida de piel de yak, su *khantaaz*. Contempla el firmamento color zafiro una última vez antes de atreverse a entrar en la yurta, donde un pesado silencio ha sustituido a las vociferaciones.

La yurta debe ser un lugar cómodo y de convivencia. Protege de la intemperie, el viento no penetra y reina una calidez agradable. Todo el mundo se reúne allí para charlar o compartir un tazón de leche de yegua, pero esta noche el ambiente está cargado de amenazas.

Batbayr, humillado, está postrado sobre su alfombra. Enhtuya termina de guardar los utensilios de cocina y se enjuga una lágrima furtiva. Tsooj y Serdjee fingen estar ocupados para mantener la compostura. En el fondo se avergüenzan de haber ganado la partida faltándole el respeto a su padre.

Bolormaa sufre por Batbayr. Siente un impulso irresistible de acercarse a él y susurrarle palabras dulces. Querría decirle cuánto lo admira y que ella ama la vida itinerante en la estepa. Se parece a él y la misma sangre corre por sus venas. Pero esas cosas no se dicen. No se considera decente expresar sentimientos, sobre todo para una chica. Batbayr lo tomaría como si sintiese lástima por él, y eso sería insultante. Lo único que puede hacer es mostrar deferencia acatando sus deseos.

Con el corazón en un puño, se dispone a colocar las pieles de animal una junto a la otra en el suelo, donde dormirán una última noche antes de desmontar la yurta al amanecer y emprender su último viaje.

A partir de este momento ya no dirán nada más, y la pesadez de la oscuridad no disipará el malestar que los separa.

Es la madrugada del día de la partida, y tan pronto como el cielo empieza a clarear, Bolormaa se despierta. Enhtuya ya ha empezado a preparar la comida, que debe ser sólida y durar mucho tiempo en el estómago, puesto que la jornada será dura y agotadora.

Hoy toda la familia abandona el campamento de invierno que habían instalado en el seno de un pequeño valle, elegido para protegerlos de los fuertes vientos. Se dirigirán hacia las montañas para ir a buscar lo que queda de su rebaño de cabras.

Bolormaa se estira con un bostezo. En la yurta, la tensión emocional de la víspera todavía flota en el ambiente. Sale y se aleja unos pasos para respirar aire fresco y contemplar el cielo, que promete un día soleado y frío.

—¡Roaaar, raaah! —grita agitando los brazos para disipar una bandada de pájaros.

Cada mañana le toca hacer el mismo ritual. Es la encargada de espantar a las aves que vienen al alba a picotear el yogur duro y ácido que dejan fuera para que se seque.

La pálida luna persiste en el color rosado de la aurora. El aroma de la libertad no consigue aligerar su corazón de la pesada sensación que lo atenaza.

Suspira y vuelve a entrar en la yurta, cruzando con el pie derecho el umbral, que nunca debe tocarse; es una de las principales prohibiciones. Ya resultaba suficientemente insoportable la terrible transgresión cometida la noche anterior por sus hermanos, que se habían atrevido a gritar enfurecidos a su padre. Se adentra en la reconfortante calidez para asistir a su madre, que ha encendido el fuego con bolitas secas de estiércol de yak. La ayuda a sumergir los trozos de cordero en un gran caldero lleno de agua hirviendo con especias, luego lo coloca sobre el hornillo, que hace un ruido ronco. Bolormaa se dispone a desgranar el mijo con un mortero. Esa planta, que constituye la base de la alimentación nómada, resiste bien la aridez y, de todos los cereales, es el que menos cuidados necesita. Se cultiva por sus semillas comestibles y está bien adaptado a las duras condiciones climáticas.

Mientras se pierde en sus oscuros pensamientos, Bolormaa fríe el mijo con gestos mecánicos, luego pone el agua a hervir y le echa hojas de té. Tras airear el líquido enérgicamente con una cuchara grande, vierte la leche de yak y añade sal antes de sumergir el mijo frito que compone el tradicional *süütei tsai*.

A continuación, toda la familia se sienta de rodillas sobre las pieles de animales alrededor de la estufa y comparten en silencio la última comida antes del viaje. Solo se oye el sonido de las mandíbulas al masticar y el viento deslizándose sobre la tela.

En cuanto se terminan el último bocado, Batbayr tapa con respeto ceremonial el fuego, componente central de la yurta. Es un elemento sagrado y objeto de numerosas prohibiciones y creencias; representa la vida, el vínculo entre los antepasados y sus descendientes. Es la base y el símbolo de la sucesión de generaciones. Una vez que las cenizas se hayan enfriado, Batbayr las recogerá y las pondrá en un recipiente. Son el producto del fuego y, por lo tanto, también son sagradas. Está prohibido pisotear o permitir que el caballo pisotee un hogar que ha abandonado una familia.

Bolormaa no puede evitar pensar que todas esas costumbres, transmitidas de generación en generación, se perderán para siempre allí abajo, en la ciudad.

Tsooj y Serdjee empiezan a quitar las hojas de la yurta. Se necesitan cuatro horas para desmontarlo todo, así que no deben entretenerse. Van retirando una detrás de otra las doce capas de fieltro aislante, que protegen tanto del calor en verano como del frío en invierno, así como el tejido de algodón blanco recubierto de polvo de hueso, que sirve para mejorar la impermeabilidad. A continuación desatan las correas de crin de caballo trenzado que sostienen las paredes curvas de enrejado naranja. Batbayr las apila en un carro con los dos postes centrales decorados con dibujos simbólicos, que sostienen el círculo que sirve de cima, en la parte superior de la yurta. Retiran la puerta de madera de la entrada, profusamente decorada, y el suelo interior.

Mientras tanto, Enhtuya y Bolormaa apilan los muebles de color naranja intenso con motivos de colores, junto con todos los objetos cotidianos, en grandes cestas. Todo ello se unirá al material que hay en el carro y dos yaks tirarán de él.

Mientras recogen todo, Bolormaa tiene que ordeñar

la dri, la hembra del yak, así tendrán leche para el trayecto.

—Popopopopopopooooo —canta para que la dri acepte amamantar a su cría.

Acerca al bebé, y este mama durante unos segundos antes de que lo retire. Disgustado, forcejea y le dificulta la tarea; ha crecido y ya no se deja hacer tan fácilmente. Ella lo aparta con gritos y se acuclilla contra el costado cálido de la madre, murmurando palabras tranquilizadoras para que el animal sea dócil. Le gusta notar el tacto lanoso en su mejilla, un poco áspero, esa vida latiendo contra su sien, esa tibia intimidad mientras la leche cae a chorros en el balde bajo sus ágiles dedos. Siente una corriente de compasión mutua fluyendo entre ellas.

El atalaje ya está listo. Tsooj y Serdjee irán delante para llegar al lugar donde pastan las cabras. Están tan inquietos como sus caballos nerviosos, con el pecho henchido, que piafan impacientes y agitan las sedosas crines. Los jinetes saludan con un gesto a su padre antes de inclinarse y llevar sus monturas al galope hacia la cima del cerro. Todos los observan atravesar a toda velocidad la hierba silbante, ebrios de viento, los cascos golpeando el suelo. Sus siluetas se ven recortadas contra el cielo luminoso antes de desaparecer en el horizonte.

—¡Oook! —Batbayr da la señal de salida.

Agarra el ronzal y el carro uncido se pone en marcha, traqueteando bajo el poderoso vigor de los yaks enalbardados.

Un prolongado mugido sacude la llanura. Bolormaa y su madre, montadas sobre el mismo caballo, siguen al convoy.

El gato, encerrado en una bolsa que cuelga del lomo del yak, no será liberado hasta que acampen por la noche. Los maullidos indignados provenientes de dentro de la bolsa, sacudida en todas direcciones, no cambiarán nada. Su trabajo es atrapar ratones en la yurta, ¡así que no habrá ni un poco de piedad para él durante el viaje! El perro tiene más suerte. Normalmente está todo el día encadenado y lo usan como alarma contra los lobos, pero ahora no cabe en sí de gozo mientras corre y persigue pequeñas ardillas. Aparece sin previo aviso entre las patas de los caballos a riesgo de que lo pisoteen.

Los paisajes se suceden, siempre cambiantes, unas veces lunares y pedregosos, y otras verdes e idílicos, atravesados por manadas de caballos salvajes. A veces, un río bordeado de lirios azules serpentea en el fondo del valle.

Batbayr no ha conocido otra vida que no sea esa, a la que se siente visceralmente apegado.

Mientras guía a los yaks, recuerda su infancia junto a sus padres y luego su encuentro con Enhtuya. Fue hace treinta años. Él venía de muy lejos para asistir al Tsagaan Sar, al «mes blanco», que marca el Año Nuevo mongol, en el frío cortante del mes de febrero. Por aquel entonces era un joven apuesto y llevaba su mejor traje para la ocasión; un caftán azul de algodón con mangas anchas que le llegaban más allá de las manos, unas botas chinas y un sombrero cónico con ala de piel que podía subir o bajar a voluntad. De los tres juegos tradicionales que se practicaban en esos encuentros —lucha, tiro con arco y carreras de caballos—, Batbayr destacaba en este último, para el que entrenaba desde los seis años. Estaba a punto de competir cuando la vio. ¡El corazón le dio un vuelco! Era tan hermosa, con esa piel oscura y los ojos en forma de luna creciente. Estaba de pie en primera fila y sus miradas se cruzaron. Llevaba un vestido holgado de seda bordada y, en la cabeza, unas piezas de plata con incrustaciones de coral, de las que salían dos trenzas de cabello negro y brillante que reposaban a ambos lados de su pecho.

Su sonrisa lo cautivó y se precipitó sobre su montura para iniciar una cabalgada salvaje de más de diez kilómetros. La estepa temblaba bajo los cascos de los caballos a galope. Él había llevado el suyo al límite, puesto que tenía que ganar costara lo que costara. Enhtuya comprendió que ese fogoso jinete había ganado para ella, por sus hermosos ojos, y le ofreció el *khadag*, el fino pañuelo de la suerte, que él tomó con gran emoción.

La semana siguiente, Batbayr recorrió de nuevo esa larga distancia a través de la estepa con la esperanza de volver a ver a su amada, y Enhtuya supo entonces que sería un marido digno.

Él pagó la dote y ella a cambio aportó los muebles. Como corresponde, los parientes y amigos de Batbayr organizaron una gran fiesta para el día de la boda, mientras que los de Enhtuya lloraron como si esta hubiese muerto. Se respetó la tradición, y un año después nació un niño, Tsooj, al que pronto siguió Serdjee. Bolormaa llegó un poco más tarde, como un regalo caído del cielo. Ahora que toda su vida está a punto de cambiar, en ese momento de cuestionamientos, Batbayr ve pasar sus recuerdos hacia atrás y le invade la nostalgia por esa época pasada en la que su futuro se desplegaba como una cinta larga y lisa, sin una sola nube oscura.

Bolormaa contempla la estepa. Observa cómo se extiende hacia los límites del mundo perceptible, erizada por la hierba salvaje, salpicada por amapolas de color rojo sangre, satinada, virgen, infinita.

Su melancolía, sus tonos pastel y sus paisajes, a veces inquietantes.

Al atardecer, Bolormaa tiene la impresión de que el sol se pone solo para ella y que los colores del cielo vienen de otro planeta.

Cuando anochezca, dormirán en un nuevo horizonte.

La silueta de la yurta blanca contrastará sobre la tierra oscura, y la chimenea perforará el techo y humeará en las montañas de color óxido.

La noche cae muy rápido en Mongolia y decir que se pueden ver las estrellas sería quedarse corto. Es como estar en medio de la Vía Láctea. La galaxia al completo se abre al todo. La inmensidad.

Bolormaa escuchará cómo la melodía del viento, cargado de todos los aromas de las flores, se desliza sobre los fieltros protectores. Luego se quedará dormida, con una sensación amarga en el corazón.

Bolormaa, que se ha despertado antes que los demás, entra corriendo en la yurta llevando con mil precauciones una preciosa carga.

—¡Daos prisa! —les dice a Tsooj, Serdjee y Batbayr, que todavía duermen—. ¡Ya ha empezado!

Recibe por respuesta unos gruñidos sordos de sus hermanos.

Se acerca a su padre y deposita en sus brazos un cabrito recién nacido, caliente y palpitante. Batbayr mira enternecido a la cría, toda blanca, que bala débilmente intentando mamar.

—Ya ha empezado —repite Bolormaa.

Son las hormonas que preparan a las cabras para el parto lo que provoca la muda en primavera. Ha llegado el momento de empezar la recolección de cachemir.

Enhtuya, apurada, no tiene tiempo de cocinar, así que les ofrece *boortsog*, unas galletas cocidas con grasa de cordero que conserva en una caja metálica. Se contentan con comérselas con un poco de té salado con leche de yak. A continuación, Tsooj y Serdjee suben a sus caballos para empezar a reunir las cabras y conducirlas hacia un cercado a grito de «¡chipchú!», o también «¡tchá!», exclamaciones usadas para que los animales avancen, mientras que las mujeres preparan el material.

Al contemplar el rebaño disperso por el recinto, Batbayr siente una profunda pena. La habitual marea de lomos redondeados apiñados los unos contra los otros se ha convertido en un rebaño escaso, reducido a la mitad. Ya no entiende nada de lo que ocurre en su vida, de la que ha perdido el control. ¿Qué ha hecho mal? ¿Acaso les ha faltado al respeto a los espíritus para que hayan envenenado así su existencia? Honrarlos permite vivir en armonía, puesto que son el alma y la fuerza fundamental de todos los seres vivos. Cada río, cada piedra, cada planta o animal, la tierra y los difuntos representan un espíritu. Nunca ha cortado un árbol ni cavado la tierra si no era por absoluta necesidad. Y, cuando se ha visto obligado a hacerlo, dicho gesto siempre ha ido acompañado de una oración para apaciguar a los espíritus heridos:

«Oh, tierra viva y nutricia, perdóname por haberte herido. Permíteme reparar dicho ultraje ofreciéndote *airag*, la deliciosa leche de yegua, y cerrando cada uno de los agujeros que he perforado en tu piel».

Bolormaa y su madre entran al cercado con unos

cepillos de madera con las cerdas metálicas curvadas, muy duras, y todos se ponen manos a la obra. No tardan en recuperar los movimientos y la cadencia ideales. Tiran, raspan y arrancan grandes matas enmarañadas. Se necesitan más o menos treinta minutos por cabra. En primer lugar, hay que inmovilizar al animal hirsuto para evitar cualquier riesgo de lesión con los cuernos. Las cabras no forcejean cuando las inclinan y las ponen de lado. Esperan, pacientemente tumbadas y con las patas abiertas, a que les quiten el engorroso vellón. Entonces hay que quitar el polvo, la hierba y la suciedad que podrían estropear la recolección. A continuación hay que pasarles el peine de púas estrechas entre el pelaje. La fibra de las extremidades posteriores es más difícil de obtener, mientras que la del cuerpo, de una longitud más apreciable, se recoge sin necesidad de utensilios, solo hay que tirar suavemente con la mano. El cachemir del cuello y del pecho es más corto, pero más denso. Es el de mejor calidad. Por último se introduce el vellón en una bolsa, procurando antes retirar los pelos bastos.

Tras la recolección, habrá que pesar los fardos para determinar la cantidad, pero, por el momento, Bolormaa se esmera en pasar el peine entre el espeso pelaje mientras tararea una melodía que solía cantarle su abuela. Es un verdadero placer manipular ese suave material, parecido a una nube; el dolor de espalda no llegará hasta el final del día.

Sin embargo, ella solo puede pensar en una cosa: tratar la fibra que le dejará quedarse su padre. La lavará con jabonera, una planta con propiedades limpiadoras, y luego la cardará y la preparará para transformarla en un hilo grueso, suave y esponjoso. Sabe que su pasión vencerá a la fatiga.

—Este pelaje tan largo y más ligero que el viento es particularmente hermoso este año —dice satisfecha Enhtuya, que se afana a su lado.

—Un pelo así solo crece cuando hace un frío extremo y este año ha sido terrible... ¡por desgracia! —Bolormaa duda—. ¿Estás de acuerdo con la decisión de Tsooj y Serdjee? —le pregunta a su madre bajando la voz para que solo ella pueda oírla—. ¿Opinas igual que ellos? —le susurra en privado—. ¿Por qué padre ha cedido ante su arrogancia? Madre, ¡no me creo que quieras que vivamos domesticados en la ciudad! ¡No puede ser que quieras renunciar a esta libertad!

—Hija mía, no me corresponde oponerme a tu padre. Él ha elegido proteger a su familia de los peligros del hambre y del frío. No se debe contradecir ni a un padre ni a un rey.

—¡Pero sabes perfectamente que él no ha elegido esto! —exclama Bolormaa alzando la voz—. ¡Se ha echado a un lado ante la voluntad de mis hermanos!

—¡Ya basta, Bolormaa! ¡No seas irrespetuosa!

Bolormaa se muerde el labio para retener la réplica que lucha por salir. Esa crítica contenida se desborda en forma de lágrimas, que Bolormaa enjuga contra el costado de la cabra. Entiende que no hay esperanza. No cambiarán de decisión, el destino de su familia ya está sellado. De ahora en adelante serán sedentarios y las costumbres ancestrales se perderán para siempre.

Tras haber dado tres vueltas alrededor del *ovoo* para imitar el recorrido que hace la Tierra alrededor del Sol, Batbayr corta algunas cerdas de la cola de su caballo y las ata a la parte superior del monumento sagrado en forma de pirámide, hecho de piedras acumuladas a lo largo del tiempo. Es el hogar de los espíritus del lugar y representa un vínculo entre la tierra y el cielo. Enhtuya rocía el domo con leche de yegua para llamar a la buena suerte, como lo hacen siempre todos los viajeros al irse de un campamento nómada. Luego, Tsooj añade su piedra a la edificación. Ya pueden marcharse tranquilos bajo la protección de los ancestros.

Se disponen a bajar de nuevo la montaña, habiendo cumplido con su trabajo. Les llevará varios días de viaje por suelos rocosos; verán unos paisajes que dejan sin aliento.

Batbayr va a la cabeza del convoy y le siguen sus dos hijos, que llevan los caballos cargados con enormes fardos de lana. Bolormaa cierra la marcha con su madre. Llevan puestos sus *deel*, los cómodos vestidos tradicionales de entretiempo. Tienen gramíneas hasta el cinturón de seda que les ciñe la cintura y detrás de ellas dejan una amplia estela de hierbas inclinadas. El sol los acompaña con su luz envolvente. Cuanto más se adentran en la estepa virgen de toda huella, más parece un océano verde que ondea bajo el viento.

Bolormaa ha pasado las tardes anteriores e incluso parte de las noches transformando el ligero vellón, vaporoso como una nube; tirando de él, enrollándolo, retorciéndolo y juntándolo con la ayuda de su rueca para convertirlo en un hilo grueso y sólido que posteriormente ha blanqueado mediante una preparación de harina de arroz. Ahora posee una hermosa madeja inmaculada que sería la envidia de todas las marcas de lujo occidentales. Todo está listo para la fase final, delicada y arriesgada, con la que lleva soñando desde hace mucho tiempo.

Mientras camina, Bolormaa barre con la mirada el paisaje, en busca de las plantas adecuadas para su tinte.

De vez en cuando se inclina para recoger algunos puñados de flores aromáticas con las que va llenando su zurrón.

El cielo azul profundo se refleja, como en un espejo, en un lago bordeado de juncos, de donde salen volando gansos salvajes. La familia se detendrá aquí para abrevar las monturas.

Bolormaa, con la ayuda de su madre, prepara la hierba jabonera, que usarán para lavarse el pelo.

Se deshace la trenza y se suelta la melena, que nunca se ha cortado. Enhtuya recoge agua pura del lago y la vierte sobre la cabeza de su hija. Aplica las sumidades floridas de la planta, que hacen espuma como el jabón. A continuación le recubre las puntas con miel para nutrirlas, después aclara, desenreda y peina la melena negra con reflejos azulados mientras esta se va secando con la brisa primaveral.

Los buitres planean inmóviles sobre el desierto herbáceo en busca de alguna presa. El viento se desliza por la llanura, arañándola con plateados reflejos ondulantes.

Ahora ya es momento de que Enhtuya trence los mechones de su hija, puesto que los hombres están listos para partir de nuevo.

Miles de pájaros cantan en homenaje a la belleza y, sin embargo, sus corazones no están de celebración.

Ha sido una recolección pobre y han vendido las cabras que han sobrevivido.

Batbayr, con el corazón encogido, se ha visto obligado a vender su diezmado rebaño al mejor postor. Muy a su pesar, la puja la ha ganado un propietario chino que acechaba como un depredador. No le quedaba otra opción. ¿Cómo luchar contra el dinero de los ricos ganaderos industriales que gobiernan incluso en sus montañas y estepas?

El cachemir se ha convertido en un maná para China, primer productor mundial. Están surgiendo talleres de la «fibra de diamante» por todas partes. Solo en Ordos, ya hay más de una decena de esos locales, donde se hila la lana antes de transformarla en jerséis o en bufandas para luego venderlos a prestigiosas marcas occidentales.

Ellos pronto empezarán una nueva vida.

El dinero de la venta de los animales junto con el del vellón apenas les alcanzará para establecerse en Ordos. Bolormaa intenta no pensar en ello mientras sigue con la mirada a una perdiz que asciende hacia el sol.

A pesar del cansancio acumulado durante el viaje, tan pronto como se detienen para que los caballos descansen y para dormir al raso, Bolormaa introduce las manos en la bolsa que contiene la preciada madeja. Escoge las flores y los rizomas que ha recogido para preparar un tinte meticulosamente proporcionado. No necesita ninguna balanza para pesar las plantas. Le basta con su ojo experto. En un mortero machaca la raíz de rubia roja seca junto con la de ruibarbo, cártamo y sándalo, un poco de ese arbusto, la *nauclea gambir*, y una pizca de hoja de índigo, sin olvidar la *persicaria tinctoria*. Ha aprendido de su abuela que los colores de los pigmentos vegetales también varían en función de la acidez del medio y que el mordentado es una etapa ineludible. Los tintes textiles orgánicos y artesanales solo se mezclan con las fibras si se usa cal y un mordiente; por eso añade alunita. Muele todas esas sustancias en el mortero para reducirlas a polvo, lo vierte en el agua y lo mezcla hasta que se disuelve por completo.

Entonces pone a hervir el agua pura recogida del torrente que baja de la montaña con un ruido ensordecedor.

No se puede teñir en frío, pero se puede calentar sin dañar la lana. Bolormaa no tiene miedo. Sabe que lo que la apelmazaría es el choque térmico. Si se aumenta progresivamente y luego se enfría poco a poco la temperatura del baño, no habrá ningún problema.

Vierte la mezcla coloreada, que danza formando remolinos en el agua caliente antes de fusionarse; la cantidad suficiente de vinagre blanco fijará el color. Sumerge el hilo de cachemir conteniendo la respiración. Su valiosa preparación empieza a burbujear. La deja hervir y la remueve de vez en cuando, proceso que le permite el placer de deleitarse observando el paisaje.

Una última vez…

Observa las curvas y los relieves en tonos dorados a la luz del crepúsculo. El sol poniente choca contra los costados de las rocas. Las sombras se vuelven de color verde oscuro y unas nubes rosas arañan aquí y allá el cielo azul marino, como si un pintor las hubiera dibujado con su pincel. Los arroyos centelleantes cantan a la libertad.

Toda la familia está reunida alrededor del fuego, que Batbayr ha encendido con bolitas de estiércol de yak.

No hay que orientar nunca ni los zapatos ni objetos punzantes o metálicos hacia el fuego sagrado, así como tampoco se debe derramar agua o escupir. Representa la vida y el vínculo entre los antepasados y sus descendientes, engendra y simboliza la sucesión de generaciones. Bolormaa invoca a su abuela mientras observa las llamas elevándose, al mismo tiempo que Enhtuya prepara la cena. Su trenza gris se le desliza por la espalda cada vez que se inclina para mezclar la harina de cebada, también conocida como el *tsampa*. Sus hermosos pendientes de oro martillado tintinean en sus orejas como un eco de las campanillas de los caballos que pastan la deliciosa hierba grasa. El humo se propaga formando arabescos en el aire.

Pronto, Bolormaa compartirá con ellos el queso de cabra fresco, que sabrá al paraíso perdido.

Con un suspiro, saca la lana del recipiente, el material tiene un color rojo oscuro. Deja que se enfríe al aire y luego la lava con agua tibia para eliminar el excedente de tinte.

Es demasiado pronto para juzgar el resultado. El color se aclarará una vez la humedad se haya evaporado y la fibra esté seca. Entonces se podrá comprobar si ha sido un éxito. ¿El hilo habrá conservado sus cualidades? ¿Las flores escogidas habrán liberado todo su potencial?

Bolormaa cuelga la lana de las ramas de un arbusto y la observa balanceándose a merced del tibio viento de mayo. El universo de los insectos nocturnos zumba en un sonido arrullador.

Tendrá que esperar hasta el día siguiente, tras una noche bajo la cúpula estelar llena de sueños purpúreos.

Durante la noche, a Bolormaa le cuesta conciliar el sueño. De vez en cuando se levanta de la cama para ir hasta donde está el arbusto y admirar el tono escarlata de la fibra que ha dejado secando a la luz de las estrellas. No puede evitar tocar la lana, que poco a poco va recobrando su volumen. Y, a primera hora de la mañana, cuando el insomnio la hace ponerse en pie una vez más, siente como si un fulgor resplandeciente le estallara en la cara. Parpadea, pues el mullido material que tiene delante es como una llamarada. Evalúa el increíble contraste entre la suavidad extrema de la lana y la violencia del color. Ese rojo profundo, capturado en el cáliz de flores misteriosas, hace que se le salten lágrimas de orgullo.

¡Lo ha logrado! La paciencia ha dado sus frutos. Con sentimientos encontrados, entre la felicidad y la tristeza, invoca el espíritu de su abuela, quien le enseñó el procedimiento correcto y le dio el empujón que necesitaba.

Ya puede oír el ajetreo de los suyos ocupándose de sus tareas matutinas. Con pesar, introduce su precioso tesoro en la bolsa y se apresura a cumplir con sus obligaciones.

Es hora de ponerse en marcha de nuevo. Batbayr, Tsooj y Serdjee atan los yaks a los carros y colocan los enormes fardos de lana sobre las bestias de carga. Los caballos están muy delgados a finales de invierno. Su día a día no es fácil. La mayoría de los ganaderos no los alimentan durante esa dura estación. O bien sobreviven encontrando hierba bajo la nieve, o mueren. Batbayr compra una pequeña cantidad de heno para los momentos difíciles. Necesita mantenerlos sanos para llegar hasta los rebaños de cabras en primavera y transportar la recolección, pero aun así pueden verse indicios de su hambruna; las costillas marcadas bajo la piel y unas ancas prominentes. Por suerte son muy rústicos y resistentes. Un buen caballo mongol debe ser impetuoso, ágil y fogoso.

Tras el ordeño de las dris y el almuerzo, todos se ponen en marcha dirección Ordos, donde venderán el cachemir.

Caminan por la estepa cubierta de hierba, arbolada de color esmeralda y entrecortada por numerosos arroyos. Está salpicada de colinas y despeñaderos, tallados por vientos milenarios que les confieren el aspecto de ruinas de antiguas ciudades olvidadas.

Bolormaa, fascinada ante tanta belleza, contempla el río que se precipita desde lo alto de una escarpadura, un torrente azul que cae sobre la piedra roja y que un

rayo de sol convierte en un efímero arcoíris. La cascada crea una quebrada en el centro de la estepa.

Hay que cruzar dos brazos del río para llegar al
valle que lleva a Ordos. En el primero, la corriente es
fuerte, pero mal que bien logran cruzarlo con el convoy, ayudándose de numerosos «¡tchú!», el grito des-
tinado a alentar a los animales asustados.

Cuando llegan al otro lado, siguen adelante, moja-
dos hasta la cintura, y se topan con el segundo brazo,
que parece infranqueable. El deshielo producido más
arriba ha hecho crecer el caudal de los ríos, que se han
desbordado y han arrastrado barro y ramas.

Batbayr duda; es extremadamente peligroso aventu-
rarse a cruzar el impetuoso caudal, y Serdjee, imbuido
de su nuevo papel de líder, decide que hay que esperar.
Está harto de correr riesgos innecesarios y anhela tran-
quilidad.

Así que instalan el campamento rudimentario y dan
por finalizada la jornada. Intentarán cruzar al día siguiente si la corriente disminuye.

Tras reponer fuerzas gracias a un estofado de cordero y un té bien caliente, Bolormaa saca el pequeño
telar que heredó de su abuela y empieza a confeccionar un suéter tejiendo el precioso hilo de cachemir
rojo.

—Tienes unos dedos de oro, mi niña —declara Enhtuya, mirándola con admiración.

—¿De qué sirve tener un don si tienes que sacrificarlo? Es una ofensa a los dioses que me lo han concedido.

—Un don del cielo nunca se pierde. Tarde o temprano se manifestará de nuevo. Las cosas deben evolucionar. Mira, tú y tus hermanos fuisteis a la escuela. Aprendisteis cálculo, lectura y escritura, mientras que tu padre y yo somos analfabetos. A veces me avergüenzo de ello, pero en nuestra época era así. La vida nómada no nos permitía compaginar nuestras tareas con el aprendizaje.

Es verdad que, gracias a un programa de educación gubernamental, Bolormaa y sus hermanos pudieron asistir, varios inviernos seguidos, a la escuela bajo la yurta. Enhtuya había conseguido convencer a Batbayr para que instalara el campamento cerca. En esa aula improvisada, los alumnos estaban al abrigo del frío, incluso cuando las temperaturas rondaban los −35 °C. En un entorno seguro y un ambiente acogedor, el aprendizaje era más sencillo. Sin embargo, a menudo ocurría que los alumnos debían abandonar la escuela porque tenían que cambiar de lugar y ayudar a su familia, sobre todo los chicos, hecho que ya les convenía a Tsooj y Serdjee, que eran unos auténticos gamberros a los que no les gustaba aprender y preferían cuidar de los animales.

Bolormaa, en cambio, era buena estudiante. Era el orgullo de su madre y, gracias a su determinación y ánimo, pudo completar dos años en uno, adquiriendo así más conocimiento. Las asignaturas impartidas estaban muy centradas en las ciencias naturales, puesto que los mongoles viven en estrecha relación con ella.

Enhtuya no quería que su hija fuese inculta como ella, y la educó lo mejor que pudo hasta los dieciséis años.

—Cuando te dedicas solo al pastoreo, no sabes hacer otra cosa que cuidar de los animales —dice—. Siempre te faltará la instrucción y la educación. Tú, mi niña, tienes la base para avanzar en la vida.

Bolormaa suspira, poco convencida, pero no tiene el valor de contradecir a su madre.

A la mañana siguiente, por suerte, el río ha experimentado un ligero descenso.

Tras un copioso desayuno al sol, toda la familia está decidida a superar el obstáculo.

—Este viaje no se acaba nunca —dice Serdjee, que no ve la hora de llegar a Ordos—. ¡Hay que cruzarlo cueste lo que cueste!

Para él, todo eso ya es agua pasada, y ya se visualiza en su nueva vida sedentaria.

Tras algunos tanteos, eligen el lugar de paso. Varias idas y venidas más tarde, toda la tripulación se encuentra sana y salva en la otra orilla, a pesar de la corriente.

A partir de allí, el camino se va volviendo fácil mientras se expande poco a poco hacia el desierto. Ese paisaje sobrecogedor emana una sensación de vasta y virgen inmensidad.

La taiga y la llamada fractura de arena se extienden por esa región árida. Allí y allá, un erizo de grandes orejas se contonea hacia su refugio, un hámster que acumula provisiones en los carrillos huye cuando se acercan. El rey de la flora es un arbusto recio, el sa-xaúl, una especie bien adaptada a la aridez.

Bolormaa divisa las últimas manadas de caballos salvajes que surcan el paisaje al galope. Las yurtas finales humean a lo lejos. La estepa la acompañará hasta su destino, a las afueras de la ciudad.

2

Tarjeta

Frágil es el sino en papel ajado;
mi camino va impreso en un cartón,
acallando mi estado preocupado,
y acelero el paso mano en bastón.

Es su última mañana y, una vez terminada la tarea, Alessandra decide pasear por los barrios de Ordos antes de volar a Italia al día siguiente.

Se dirige temprano a un mercado artesanal para aprovechar su día libre.

Libre, si se le puede llamar así, porque viene aquí pensando igualmente en la tienda mientras camina entre los pequeños comerciantes de queso de cabra, de cuero de yak, de loza, de madera tallada, de bronce, de plata y, por supuesto, de cachemir, ya sea falso o verdadero. Todos esos artesanos son, por un lado, nómadas mongoles que venden sus productos y, por el otro, vendedores sin escrúpulos procedentes de China. Aquí se habla chino, ruso, así como decenas de dialectos mongoles. El resultado es una alegre, bulliciosa y abigarrada mezcla. Se puede encontrar lo peor y lo mejor. Hay que tener los ojos bien abiertos, pero Alessandra es toda una experta en cuanto a calidad. Le encanta pasear, curiosear y, quizá, quién sabe, descubrir objetos para decorar la tienda. No pasa desapercibida con su cabellera pelirroja flameando sobre los hombros y sus andares bamboleantes, encaramada a unos tacones de doce centímetros. Siente las miradas curiosas pegadas a su espalda, siguiéndola por los recodos de los sinuosos callejones, y no le disgusta. Ha sabido abrirse camino entre los feroces tiburones del comercio a ultranza. Ha luchado para imponerse y se la respeta por ello.

Viene aquí una vez al año, con maletas llenas de diseños y muestras para encargar la fabricación de las prendas de punto cien por cien mongolas que Giulia y ella venderán en su *boutique* en Florencia. Sus labios dibujan la sonrisa satisfecha de una conquistadora exitosa.

Giulia y ella se conocieron de pequeñas en Prato. Sentadas en los bancos de la escuela del barrio obrero donde vivían, ya soñaban con la moda y los tejidos poco comunes.

La amistad inquebrantable que las unía se consolidó un lejano día de mayo. La profesora había anunciado que iban a montar un espectáculo para las familias al final del curso escolar, la adaptación de un cuento que el alumnado había tenido que leer. La maestra repartió los papeles. Todos se disputaban los más prestigiosos: los príncipes, las princesas y las hadas. La profesora los reservaba para sus alumnos preferidos, los mejores en elocución. Después venían la bruja y el mago, luego los trovadores y los aldeanos. Giulia y ella serían campesinas. Un sentimiento de amargura carcomía a Alessandra, decepcionada por el papel de figurante que le había tocado, cuando a ella le hubiese gustado brillar con luz propia delante de todo del escenario. Giulia, más modesta, ya se había resignado, pero cuando recibieron los trajes la semana antes del espectáculo y Alessandra se vio con un tosco vestido de yute y una pañoleta de lana que ocultaba su larga cabellera pelirroja, rompió a llorar.

—No llevaré este saco de patatas —siseó ante la mirada atónita de Giulia.

Primero, la maestra intentó razonar con ella, pero ante su obstinación, se enfadó de verdad y amenazó con castigarla. Alessandra se calló, pero permaneció enfurruñada en un rincón hasta que el sonido de la campana las liberó.

No tenían clase por la tarde. En el camino de vuelta, Alessandra le dijo a su estupefacta amiga que no permitiría que la dejaran en ridículo delante del público.

—¿Qué vas a hacer? —le preguntó Giulia.

—¿Confías en mí? —replicó Alessandra con aire chulesco.

—Sí —murmuró Giulia, que, a pesar de no estar demasiado tranquila, no habría confesado sus dudas por nada del mundo.

Aceptar retos se había convertido en un juego entre ellas al que se entregaban a menudo y que iba adquiriendo proporciones cada vez más inquietantes para la temerosa Giulia.

—Sígueme —dijo Alessandra, decidida.

Se dirigió hacia su edificio. El interior estaba tranquilo. La portería se hallaba desierta. Era el momento en el que la conserje, tras haber limpiado las escaleras, hacía algunos recados para los inquilinos. Alessandra bajó la manija y empujó la puerta, que no estaba cerrada con llave, lo que significaba que esa mujer charlatana no andaba lejos y podía aparecer en cualquier momento.

—¡Démonos prisa!

Alessandra fue a toda velocidad hacia las ventanas del salón común y, bajo la mirada aterrorizada de Giulia, arrancó las cortinas de organza que las decoraban.

—Rápido —susurró, y se precipitaron dentro del ascensor.

Giulia estaba empapada en sudor. Alessandra, en

cambio, parecía tranquila mientras palpaba las cortinas y las estrechaba contra ella. Cuando llegaron a la quinta planta, Alessandra sacó de debajo del vestido una llave que colgaba de una cinta y abrió la puerta del piso. A esa hora, sus padres todavía no habían vuelto del trabajo. Reinaba el silencio en la casa. Giulia esperó a ver qué hacía. Intuía lo que iba a pasar y rezó por que no fuese posible, pero cuando Alessandra cogió unas tijeras, se dijo a sí misma que ya no había duda y suspiró pensando en las consecuencias.

Al caer la tarde, las dos amigas lucían dos vestidos preciosos de organdí. Los deditos de Alessandra habían cosido con gusto la tela ligera y ahora ambas estaban envueltas en una vaporosa neblina. Frente al espejo del cuarto de baño, la pelirroja y la morena se veían reflejadas como si estuvieran dentro de una nube de blancura bajo el sol de la tarde que bañaba ese lado del edificio. Alessandra, frente al cristal manchado de dentífrico, sostuvo en alto su leonada melena, que brilló sobre su nuca despejada.

—Listo —dijo satisfecha con el resultado—. Es mucho mejor así. Seremos estrellas.

Giulia, inquieta, asintió.

—Vístete rápido, mis padres están al caer. El día del espectáculo tienes que ponerte este vestido maravilloso debajo del horrible vestuario de campesina. ¡Asegúrate de que nadie lo vea antes de salir al escenario!

Giulia volvió a su casa y escondió el vestido debaj

de la cama. Le aterrorizaba la catástrofe que resultaría de esa locura, pero no se habría echado atrás por nada del mundo. Prefería morir antes que traicionar a su amiga.

Y llegó el gran día.

Entre bastidores, unos segundos antes de entrar en escena, a la señal de Alessandra, ambas se arrancaron la basta tela de yute que recubría sus vaporosas prendas y se apresuraron a salir al escenario con sus trajes de bailarinas, trinchete y horca en mano, imitando los movimientos propios del trabajo en el campo. Un largo silencio de incomprensión reinó en escena y, entre el público, decenas de pares de ojos las miraban incrédulos. La profesora se quedó petrificada, al borde de un ataque de nervios. Después un *crescendo* de clamorosas carcajadas llenó la sala. Giulia, a punto de llorar, miraba a los espectadores desternillándose mientras que Alessandra, roja de ira, tiró su herramienta en la paja y arrastró a su amiga lejos del alboroto.

La peripecia terminó en una buena reprimenda por parte de la maestra, que, desesperada y muy a su pesar, no podía hacer nada para castigarlas, puesto que ya había entregado los boletines de notas. Sus familias, que lo habían encontrado demasiado gracioso como para regañarlas, lo dejaron correr, y los dos meses de vacaciones terminaron diluyendo la estupidez. En septiembre, cuando empezaron de nuevo las clases, el incidente ya estaba olvidado, pero la amistad entre las dos jóvenes había quedado firmemente sellada.

Inseparables, tras la carrera de Diseño de Giulia y la de Economía y Finanzas de Alessandra, decidieron poner en marcha su proyecto al volver de un viaje de fin de estudios en Mongolia Interior que había dejado una huella indeleble en ambas. Fue un viaje inolvidable a través de las estepas pobladas de rebaños de cabras de la especie *Capra hisca*. La expresión risueña de los pastores, su cándida hospitalidad, esa inmensidad cubierta de cielos de un azul celeste incomparable las habían marcado hasta el punto de alterar el curso de sus vidas. Al principio abrieron una tienda en Prato durante unos años, pero entonces el mayor barrio chino textil de Europa se instaló en su ciudad, y eso les perjudicaba en cuanto a la garantía de excelente calidad de sus productos.

Querían más.

Lo mejor.

Desde entonces tienen una reputada tienda en la elegantísima via dei Calzaiuoli, la calle más céntrica de Florencia, de cuatrocientos metros de largo y peatonal. Tuvieron que pedir prestado mucho dinero, pero el negocio iba bien y llegaban a los pagos a final de mes. Recrearon con mucho cariño una decoración auténtica, con muebles de madera pintada, paneles cubiertos con pieles de yak y paredes blancas que simbolizaban las montañas nevadas. Todo bañado con una iluminación de muy buen gusto de tonos beis y marfil. En dicho escenario colocaban como joyas los jerséis de cachemir de tonos naturales y neutros que mandaban confeccionar con la mejor de las calidades. Unidas tanto en el esfuerzo y las dudas como en el éxito, tejieron su amistad a cuatro manos antes de garantizar la reputación de su *boutique* de ropa. La gente venía de lejos para ver sus colecciones. Florentinos adinerados, pero también estrellas del mundo de la música o de la televisión, todas las celebridades de la Toscana acudían a su mostrador con un entusiasmo cada vez mayor. Tanto es así que ahora están pensando en abrir una sucursal en Roma. ¡Qué giro de tornas para las dos niñas del barrio obrero de Prato! ¡Qué largo camino han recorrido!

Poca gente importa en Europa el cachemir de Mongolia Interior, puesto que China maneja hoy en día el noventa por ciento del mercado. La preciada fibra se ha convertido en un producto imprescindible para dicho primer productor mundial. Desde la crisis financiera, Europa exporta mucho menos, así que los compradores chinos han tomado el relevo de los países occidentales. Están surgiendo talleres por toda China. Solo en Ordos, ya hay decenas como el que trabaja para Alessandra. Pero confía en su buena suerte. Conoce a los ganaderos. Vuelve año tras año a buscar a aquellos en los que confía. Lo mismo ocurre con los fabricantes que le garantizan todas las etapas, desde el tratamiento hasta la confección. Tiene buen ojo para detectar el más mínimo defecto y rechaza sin piedad las piezas que no son impecables.

Alessandra intenta abrirse paso por el bullicioso mercado, esquivando a los vendedores ambulantes que se aprovechan de la credulidad de los turistas para endosarles baratijas. La toman por una de ellos con su aspecto europeo y la melena pelirroja balanceándose en su espalda a cada paso.

Entre dos puestos de cinturones de cuero, su mirada se detiene en una pequeña vendedora cuyos ojos rasgados la interpelan. Tiene una tez ambarina, está sentada directamente en el suelo y le tiende un suéter con el brazo estirado.

Un suéter rojo.

Alessandra se acerca. Siente que se le acelera el corazón y no logra comprender qué es lo que le llama tanto la atención de esa prenda de punto. Ella solo compra ropa de color beis, topo, arcilla o piedra jaspeada, gris, polvo o blanco… ¿Por qué se inclina hacia esa joven de cara redondeada que le pone la prenda en las manos con decisión? Siente como unos sensuales escalofríos le recorren el cuerpo al tocar ese tejido sedoso; es una materia viva y vaporosa, sin embargo, es sobre todo el color lo que la fascina.

Ese rojo profundo.

Ni demasiado claro ni demasiado oscuro.

No es un bermellón ácido ni un carmín apagado.

Tampoco es un coral agresivo y vulgar, ni descolorido ni enturbiado, es un rojo intenso que sangra pasión.

¡Lo quiere!

—¿Cuánto? —pregunta con brusquedad.

La joven chica mongola, que ha percibido cuánto lo desea por el temblor de su voz, sabe ya por instinto que la compradora aceptará el importe sin regatear. Va a inflar el precio.

—Dos mil yuanes —se arriesga para poder alcanzar unos doscientos euros aproximadamente, doblando el importe que ella misma se había fijado.

Alessandra acepta con un asentimiento de cabeza, sin negociar. Entrega el dinero a la joven atónita.

—Me llamo Alessandra —le dice tocándose la nariz con el dedo índice para señalarse.

Alessandra, atenta a las fórmulas de cortesía, ha aprendido de los mongoles que no hay que señalarse el pecho, pues dicho gesto sería muy chocante. Del mismo modo, nunca se debe apuntar con el dedo a alguien, puesto que se considera un signo de agresión.

—¿Y tú? —le pregunta tendiéndole la mano con la palma abierta.

—Bolormaa —responde la chica tocándose la nariz.

—Bolormaa, Bolormaa —repite Alessandra para que se le quede el nombre gravado en la memoria.

Se da la vuelta, buscando un traductor con la mirada. Llama a un hombre chino que está charlando en el puesto de al lado y le pregunta:

—¿Habla inglés? —El hombre asiente y se acerca—. Pregúntele si ha tejido ella este suéter —le susurra.

Él se dirige a la vendedora, que suelta palabras entrecortadas en un tono agudo, sin borrar nunca la sonrisa de su rostro redondeado.

—Dice que peinó las cabras con sus propias manos, hiló la más fina lana de sus cuellos, preparó el tinte con flores y raíces de la estepa y tejió el jersey —explica el hombre chino.

—¿Por qué solo tiene uno?

De nuevo intercambian unas cuantas frases en su lengua y se las traduce a Alessandra.

—Ha sido un mal año de recolección. Su familia ha tenido que vender su rebaño e instalarse en la ciudad. Es su primera incursión en el proceso de tinción. Su abuela le enseñó cómo hacerlo, pero, por desgracia, ahora empezará a trabajar en un taller en Ordos.

Las inexpresivas palabras pronunciadas por el intérprete despiertan una sensación de angustia en Alessandra. Siente como se le encoge el corazón mientras sujeta el suéter con fuerza. Una oleada de emociones la invade.

—Dile que es magnífico.

El hombre obedece. Bolormaa le da las gracias con un movimiento de cabeza.

—Si quiere venir a Italia, yo le encontraré un trabajo —dice entregando su tarjeta a la joven, que no ha dejado de sonreír.

Bolormaa saluda a la mujer de pelo cobrizo mientras se aleja y la sigue con la mirada hasta que la multitud la engulle. Luego baja la cabeza hacia la tarjeta, que tiene impresos unos caracteres indescifrables.

Bolormaa siente una sensación extraña, una mezcla de tristeza y alegría.

Alegría, por esa venta inesperada, que equivale por lo menos al sueldo de un mes y le permitirá instalarse en Ordos.

Tristeza porque solo tenía una prenda de cachemir. Era la perfección misma, y ahora se va tan lejos, más allá de las montañas y los océanos.

«Al igual que una serpiente muda su piel, nosotros debemos deshacernos constantemente de nuestro pasado», se lamenta mientras guarda la tarjeta de visita bajo el chal.

Los rayos de sol se cuelan entre las cortinas mal cerradas, creando reflejos en la melena pelirroja de Alessandra y jugueteando en su rostro. Le está costando despertarse en el sofocante calor de la habitación. Tras unos minutos de vacilación, se da cuenta de que está en su casa. En Prato.

El viaje y la diferencia horaria, un verdadero trauma cronobiológico, la han dejado aturdida. Se levanta con gran esfuerzo y va directa hacia la *machinetta* para prepararse el café matutino, sin el cual no es capaz de hacer nada.

«Mi organismo original no había previsto que un día podría ir más rápido que la luz del Sol alrededor de la Tierra», bromea para sus adentros mientras ingiere el brebaje salvador. Le tranquiliza reencontrarse con el sabor amargo de su querido líquido oscuro tras dos semanas de té salado con leche de yak.

Recupera el control de su vida, deambula por el piso, deshace una maleta, se ducha y se maquilla para intentar reparar los estragos causados por el viaje. Su espejo, poco indulgente, le devuelve la imagen de una mujer joven, con la piel bronceada por el aire libre, el viento y el sol de Mongolia.

«Dios mío, me harán falta días y días para recuperar un aspecto urbanita». Echa un vistazo al reloj y este le indica que es muy tarde. Giulia debe de estar impaciente en la tienda. Se enfunda una chaqueta de alta costura para corregir su aspecto de campesina aventurera y coge las llaves del coche. Pero justo cuando está a punto de salir, cambia de opinión y vuelve corriendo hacia las maletas. Todo está patas arriba. Rebusca y saca de entre el desorden de bártulos una nube de cachemir rojo, ligera como la niebla. Hace una pausa en medio de su frenesí matutino para observar la prenda, apreciar su exquisito color, y luego la introduce en el bolso.

Está encantada de volver a reencontrarse con su coche en el aparcamiento. Cada vez que vuelve, teme ya no ser capaz de hacer eslalon entre el tráfico frenético, pero enseguida recupera el control y se desliza con destreza entre los vehículos a la salida de Prato, dirección Florencia. Duda un momento, luego sale de la autovía y coge una carretera secundaria mucho más lenta, pero también más bonita y tranquila. Siente la necesidad de redescubrir su tierra, de reubicarse tras esa prolongada ausencia. Giulia tendrá que esperar.

El verano cubre la campiña toscana, envolviéndola en ocre y oro. Alessandra se alegra de vivir en un entorno tan hermoso. Y así, rodeada a la izquierda de viñedos de Chianti y a la derecha de campos de olivos que brillan bajo los rayos rasantes del sol, acaba recuperándose del *jetlag*.

Tiene la familiar sensación de ser un personaje florentino del *quattrocento* cuya silueta aparece recortada sobre el fondo de un cuadro. Esos árboles y arbustos fueron cultivados por generaciones de apasionados deseosos de imitar las pinturas renacentistas de las colecciones en sus fincas. Todo es artificial, modelado por el ser humano durante siglos.

«Aquí todo es dulzura, tan distinto de la inmensidad de las estepas y la grandeza de las montañas, salvajes e indómitas —piensa Alessandra—, pero esto es mi casa y qué bien estar de vuelta».

Entra en Florencia en plena hora punta, pero los atascos no logran mermarle el ánimo. Se enfrenta a los gases de los tubos de escape de autocares llenos de turistas y al petardeo de las motos mientras maniobra por las inmediaciones de la via dei Calzaiuoli. Aparca en la plaza reservada a los residentes y luego toma la calle peatonal hasta la tienda. Se detiene a pocos metros de la fachada para contemplar orgullosa su logro, su obra común, de Giulia y suya:

CACHEMIR

DE LA ESTEPA SALVAJE

La tienda, situada entre una perfumería de lujo y una marroquinería chic, está a la altura de sus ambiciones. El escaparate logra destacar hábilmente los jerséis, los chales y los abrigos en una armonía de tonos neutros y naturales. No hay nada criticable, es todo refinamiento y buen gusto.

Giulia, que la ha visto a través de la ventana, le hace señas. Alessandra entra haciendo tintinear las campanillas de la entrada y se lanza al cuello de su amiga. Gritos y risas rebotan contra las paredes blancas.

—¡Ah! ¡Por fin, mi pelirroja! ¡Ya era hora! Tú te pegas las vacaciones de tu vida y mientras tanto yo aquí, satisfaciendo los caprichos de clientes ricos y frustrados que se aburren.

—Vacaciones de mi vida tampoco, ¡estoy agotada! He recorrido medio desierto a caballo, he tragado polvo, me he congelado en la nieve, he dormido al raso, y eso sin hablar del té salado...

—¡Bah! ¡Sé que te encanta!

—Tienes razón, los paisajes son tan maravillosos como siempre... y los mongoles tan amables...

—¿Has hecho todos los pedidos?

—Por supuesto, y de la mejor calidad, de hecho, he aquí la prueba. —Introduce la mano en el bolso y saca el suéter.

—¡¡¡Rojo!!! —exclama Giulia, como si hubiese visto al diablo.

—Sí, rojo. ¿Alguna vez has tocado un cachemir más suave o has visto un color más resplandeciente que este?

—Pero si nosotras solo vendemos lana natural, ¿te has vuelto loca?

—¡Es tinte natural! Hecho solo de plantas cien por cien mongolas. Ningún producto químico.

—Es verdad que es muy bonito —admite Giulia examinando la fibra—. ¿De dónde lo has sacado?

—Una pobre chica... Bolormaa, una joven nómada atrapada por la comercialización desmedida de China. Le he dado mi tarjeta. Si decide escapar de lo inevitable...

—¡Los nómadas están demasiado apegados a su tierra! Además, este color no está hecho para nosotras, tenemos una línea que respetar.

—¿Y por qué no? —responde Alessandra. Cuelga la

prenda en medio del escaparate—. Ven a verlo —dice cogiendo a su amiga de la mano.

Salen a la calle, se colocan frente al cristal y retroceden un poco para tener una visión del conjunto.

Es como un inmenso cuadro impresionista. Una armonía tierna y delicada que oscila del blanco al beis topo y, de pronto, en pleno centro, un latigazo deslumbrante, como un arañazo apasionado en el mullido y conservador nido de lana.

—El contraste hace que resalte el color principal —declara Alessandra, feliz.

—Puede ser —murmura Giulia—. Tengo que acostumbrarme.

—A los clientes les encantará. Bueno, me voy —dice plantando un beso sonoro en la mejilla de Giulia—. Tengo que encargarme de los formularios de aduana y de todo el papeleo administrativo para la mercancía que llegará pronto. Y, sobre todo —añade—, ¡no lo vendas! ¡Queda estrictamente prohibido! Es un modelo único que he comprado para la decoración de la tienda.

Alessandra se queda unos instantes más frente al escaparate, después, satisfecha, se despide de su amiga con la mano y se da la vuelta.

3

Punto

La brisa entona un cántico celeste,
guía a los viajeros hasta los picos,
que blancos reinan sobre el pasto agreste,
donde entre flores salvajes dormito.

En Ordos, Bolormaa no tiene ninguna dificultad en encontrar trabajo.

Por primera vez en su vida, está sola, abandonada a su suerte.

Ahora, Tsooj, Serdjee y Batbayr crían cientos de cabras en cercados al borde del desierto de Gobi para un rico productor chino, que vende la lana a las fábricas de la ciudad de Ordos. No hay lugar para las mujeres en dicha explotación industrial; el trabajo es demasiado intenso. Su madre se queda sola durante todo el día ocupándose de las tareas domésticas y aburriéndose en una triste casa de hormigón, idéntica a decenas de otras.

Su padre, que había oído decir que cientos de chicas jóvenes trabajaban en las fábricas de hilado, tejido y punto, la había acompañado hasta allí. La había dejado en Ordos con un contrato, un alojamiento compartido y el corazón roto.

Al día siguiente, Bolormaa espera al señor Shao, el jefe de servicio, delante del taller. Se ha levantado temprano por miedo a llegar tarde a ese primer encuentro. Ha corrido hasta aquí y ahora tiene que esperar. En Ordos, el paso del tiempo es distinto; tiene la sensación de ir siempre a contrarreloj.

Sopla un viento arenoso que la cubre de una fina capa de polvo amarillento. Las trabajadoras llegan arrastrando los pies, con rostros somnolientos y la mirada apagada, y se precipitan en el interior del edificio sin dirigirse la palabra. La mayoría se la quedan mirando al pasar, lo que aumenta su timidez. Casi todas son jóvenes y chinas. Bolormaa baja la mirada hacia los adoquines y, para fingir serenidad, se pone a contar los cuadrados grises enterrados bajo la capa de polvo. Un hombre mayor, también chino, llega con paso rápido. Debe de ser el jefe, puesto que todas lo saludan. La mira fijamente un instante y luego entra, indiferente, mientras que ella permanece inmóvil, incómoda por esa mirada extraña de ojitos de halcón.

Se queda un momento allí, en la calle, esperando a reunir el valor necesario, y entonces decide entrar en el taller. Se siente perdida en ese monstruo que vibra por el ruido de las máquinas. El miedo a quedar atrapada en la trepidación y el estruendo la paraliza. Hay una hilera de sillas contra la temblorosa pared, pero no se atreve a sentarse a pesar de que el miedo le sacude las piernas.

Las chicas, ocupadas en hilar las fibras de cachemir, la vigilan hostiles, con la mirada de quien no quiere hacer sitio a la miseria ajena.

De pronto se encuentra cara a cara con el jefe, que parece sorprendido de verla allí plantada en medio de la sala.

—¿Eres tú la nueva? —pregunta con un tono sospechoso.

—Sí, me llamo Bolormaa.

—Sígueme —dice el señor Shao mientras cruza la sala de hilatura en dirección a la sala de máquinas de tejer.

Bolormaa, presa de una extraña ansiedad, sigue de cerca sus pasos al tiempo que nota a su espalda miradas curiosas y desconfiadas. El jefe llama a una mujer, mayor que la media de chicas, y le ordena que le explique a Bolormaa cuál es el trabajo que debe realizar en la máquina de tejer gigante que la aterroriza. La mujer le explica el funcionamiento de la fontura, un conjunto de agujas dispuestas una al lado de otra. Bolormaa, muy atenta a sus palabras, intenta memorizar todos los pasos, temiendo hacerlo mal. Poco a poco se va familiarizando con el monstruo de acero y el nudo que tenía en el estómago empieza a aflojarse a medida que el cachemir se teje solo y sale por el otro lado. No tiene tiempo de emocionarse ante la suavidad del material ni compararlo con el de sus añoradas cabras. Unos minutos de distracción resultarían catastróficos para la producción. La cadena no puede detenerse ni ralentizarse bajo ningún concepto, puesto que eso le haría perder mucho dinero al dueño de la fábrica.

El señor Shao pasa por detrás de ella de vez en cuando para asegurarse de que todo va bien.

Bolormaa odia saber que está allí, silencioso, a su espalda.

Siente las gotas de sudor que le caen siguiendo la columna vertebral. El *deel* de manga larga que lleva es demasiado caluroso para el taller. Se esfuerza por focalizar toda su atención en la máquina, pero se le nubla la mente.

Se estremece al sentir un roce en su cabello trenzado, seguido del contacto de una mano en la nuca. Se da la vuelta, espoleada por el miedo, y se encuentra con la mirada del señor Shao, que retira la mano mientras le dice:

—Tienes que recogerte las trenzas en un moño, es peligroso. Un segundo de descuido y la máquina podría arrancarte todo el pelo.

Bolormaa observa cómo se aleja, se recoge el pelo y lo sujeta con una hebra de lana.

Ahora trabaja once horas al día, con decenas de otras trabajadoras, en medio del ensordecedor estruendo de las máquinas.

Se ha acabado recorrer la estepa a caballo para ir a recoger el vellón de sus cabras, se terminaron los tintes cuyo secreto conoce tan bien. Aquí a todo el mundo le da igual. No le interesa a nadie y solo es un peón en el tablero de ajedrez de la producción de la Asociación China de Ganadería.

Para comprar uno de los jerséis que fabrica en cadena, tendría que pagar el equivalente a más de un mes de su sueldo. El precio de la fibra se ha duplicado en los últimos meses debido al aumento de la demanda de China, la disminución de los rebaños, diezmados por el duro invierno, y una nueva directiva de Pekín que prohíbe el pastoreo en libertad en un intento de combatir la erosión del suelo en Mongolia Interior. Ello provoca unos vientos con polvo tan violentos que atraviesan el desierto de Gobi e irrumpen en la región de Pekín, sumiéndola en una espesa niebla.

Nunca antes había experimentado la soledad y el aislamiento. Había sido una niña mimada, protegida por los suyos, y siempre había vivido en el alegre hacinamiento de la yurta y la calidez del amor que la rodeaba. Es candorosa y no conoce en absoluto las reglas de la vida en la ciudad. Se siente indefensa ante esa máquina urbana que solo quiere aplastarla. Apenas ve ya a su familia, puesto que vive en un edificio junto a la fábrica. Después de sus interminables jornadas de trabajo diario, está demasiado cansada para ir a visitarlos. ¿Qué sentido tiene todo eso? Su mundo ha cambiado tanto. Ha perdido todos sus pilares.

Por la noche vuelve al dormitorio de las chicas apoyándose en las paredes y se desploma en la cama, con los ojos enrojecidos y la espalda destrozada.

Recuerda que cuando llegó por primera vez al dormitorio se quedó mirando desconcertada las camas alineadas y los armarios metálicos, ese lugar vacío en el que tendría que vivir a partir de ahora.

La primera noche se despertó sobresaltada con una sensación extraña y se quedó sentada sobre el colchón, con todos los sentidos en alerta. Escudriñó la opaca oscuridad con la impresión de que había una figura inmóvil de pie ante ella. Podía notar los latidos del corazón en la sien a mil por hora. La densa atmósfera del dormitorio era sofocante, llena de polvo espeso. Imaginó que el señor Shao la estaba espiando. Estaba sudando y esperó unos minutos antes de atreverse a encender la lámpara de la mesita de noche. No había nadie, pero necesitó un poco de tiempo hasta que sus latidos recuperaron un ritmo normal. Una chica china que dormía en medio de la fila se incorporó sobre el codo, la miró y le murmuró un «¿estás bien?». Bolormaa asintió con la cabeza y luego apagó la luz y se tumbó de nuevo, con la mirada fija en el techo. Sabía de dónde procedía esa ansiedad. Nunca antes había dormido en la oscuridad absoluta. El interior de una yurta es luminoso. Al contrario de lo que podría sugerir su forma de capullo cerrado, el círculo central solo está parcialmente cubierto con fieltro, para permitir que pase el tubo de la estufa. La claridad de la masa infinita de estrellas desciende desde el cielo y envuelve a los que duermen en una blancura lechosa. Le parecía que nunca podría acostumbrarse a esa oscuridad propia de una pesadilla.

A la mañana siguiente, que era su primer día en el taller, se hundió en el estruendoso, atroz e interminable ruido. Ebria de agotamiento y desánimo, pensó que nunca encontraría la fuerza para volver a hacerlo.

Aislada entre gente de China, tuvo que soportar por primera vez comentarios racistas. La única bienvenida que recibió en el dormitorio fue que le asignaron una cama al final de la hilera que no tenía a nadie al lado, lo que la aisló todavía más. Cuando una chica le gritó «¡vuelve por donde has venido!», sintió la estigmatización en sus carnes, hasta ahora desconocida, que la llenó de vergüenza. Como a todos los nómadas, le habían enseñado a estar orgullosa de su pueblo y de sus raíces, a abanderarse de sus orígenes y, de pronto, descubrió boquiabierta que la gente podía despreciar a sus prestigiosos ancestros.

Los Han, la comunidad étnica más común en China, han conservado el recuerdo de las invasiones mongolas que durante siglos asolaron el país, quemaron sus ciudades y los exterminaron. Arrastran un resentimiento milenario. No les gustan los mongoles y los desprecian. Su cultura, su religión, su lengua y su escritura no tienen nada en común con la de los chinos, y Bolormaa, ingenua, toma conciencia de ello. Sus ilusiones se desvanecen día tras día y son sustituidas por vergüenza. Sin embargo, todas esas dificultades no son nada comparadas con lo que la atormenta y la corroe por dentro.

Desde el principio, el señor Shao le dijo que iba a enderezarla. Bolormaa, humillada, no entendió por qué tenía que ser enderezada, pero, a partir de ese momento, no hubo más que vejaciones y vigilancia. Le infundía un miedo glacial que le entumecía todos los sentidos y le impedía pensar. En su condición de paria intocable, insurgente contra el hostigamiento, luchaba por contener las lágrimas que le escocían en los ojos. Se sentía abrumada por la tristeza y el miedo por el futuro la atormentaba. Debería haberle suplicado a su padre que le permitiera quedarse con su familia, pero no, ¡eso no era posible! Su madre no trabajaba, así que no podían permitirse una boca más que alimentar. De modo que apretaba los dientes e intentaba razonar consigo misma lo mejor que podía.

Hasta aquella maldita mañana en la que el señor Shao la acusó públicamente de robo porque había usado un poco de hilo de lana de la bobina para reparar el elástico de su falda, que se había roto. La vergüenza sonrojó las mejillas de Bolormaa cuando todas las miradas se volvieron hacia ella.

—Ven conmigo —exigió el señor Shao haciendo una señal con la mano a la supervisora para que la sustituyera en la máquina.

Ella obedeció y se levantó mientras las demás bajaban la cabeza hacia su trabajo de manera extraña para no verla seguir al señor Shao hasta el despacho.

El hombre se acercó a ella, demasiado. Tenía el rostro congestionado y la voz alterada.

—Si te portas bien, no diré nada de tu robo a la dirección.

Bolormaa palideció. Sintió que la invadía un frío glacial, como si la sangre se le retirara de las venas. Con un nudo en la garganta, temblorosa, se dio la vuelta, extendiendo los brazos hacia la puerta, que estaba cerrada, pero él le impidió salir y pudo notar su respiración en la nuca. Bolormaa entró en pánico al ver su cara congestionada acercándose, respiró su fétido aliento de fumador y luego sintió la abyecta humedad de su boca sobre su nuca. Notó como sus manos la palpaban, aferraban su ropa como las garras de un buitre y la agarraban para empujarla contra la mesa, entre los fardos de lana. Quería gritar, pero no salía ningún sonido de sus labios. Estaba paralizada ante la horrible certeza de no poderse resistir a la bestia en celo.

—Déjate hacer —jadeó con voz ronca mientras conseguía levantarle la holgada falda de seda y deslizarse entre sus piernas.

Bolormaa quería gritar, pero una bofetada la dejó sin aliento, seguida casi inmediatamente por el dolor desgarrador de la penetración. Se comportó como un macho cabrío con las hembras. La monta sucedió muy rápido y tras el último empuje pélvico y habiendo recobrado la calma, la abandonó jadeante, dejándole la falda arremangada. Copos de lana caprina revolotearon en todas direcciones y cayeron con languidez a su alrededor como una tormenta de nieve. El señor Shao se abrochó los pantalones y le abrió la puerta.

—¡Incorpórate! Ya has perdido suficiente el tiempo, vuelve al trabajo. —Cuando pasó delante de él sin mirarlo, con las piernas temblorosas, él le agarró el brazo y se lo estrechó muy fuerte mientras añadía—: Ni una palabra de esto, que quede entre nosotros y no diré nada de tu robo a la dirección.

Cuando Bolormaa volvió a su máquina, todas estaban muy ocupadas tejiendo. La supervisora le dejó su lugar sin mediar palabra. Un escalofrío le recorrió la espalda al comprender que había preferido no gritar por miedo a que sus compañeras se enteraran, porque estaba demasiado avergonzada. Era nueva en la empresa, no podía acusar al jefe, ¿quién iba a creerla? ¿De qué servía luchar? El peso de la deshonra la torturaba, sentía una repugnancia que nunca antes había experimentado. Un dolor agudo le comprimía el corazón. Nadie la había ayudado. Nadie la quería. Le gustaría desaparecer, morir.

Cuando llegó a su puesto solo se cruzó con la mirada de XiaoLi. Inmediatamente reconoció a la joven china que le había preguntado si estaba bien tras la pesadilla nocturna.

A partir de entonces, se extendió un día sombrío, cargado de nubes oscuras, atemporal.

Al regresar al dormitorio, la angustia que había estado conteniendo desde la mañana se desbordó en forma de sollozos. Atrincherada y sola en su rincón, Bolormaa lloró, incapaz de desvestirse, aturdida por el cansancio, el dolor y la pena. De pronto vio entre lágrimas a XiaoLi trasladando sus pertenencias para ocupar la cama contigua a la suya. Sin preguntarle nada, se instaló con decisión en ese sitio que quedaba libre porque nadie había querido dormir al lado de «la mongola».

Sin prestar atención a las demás, a sus susurros y sus burlas, apartó los efectos personales de Bolormaa y se puso a ordenar sus cosas en su mitad del armario, yendo y viniendo, ocupando y apoderándose del espacio.

—El camino más largo es el que se recorre solo —murmuró entre dientes, bajo la mirada incrédula de Bolormaa.

Durante uno o dos días se ciñó al límite de su territorio, se ocupó de sus asuntos en silencio y, al caer la noche, se ponía a dormir al lado de Bolormaa, que acabó acostumbrándose a su discreta presencia. Al cabo de un tiempo, marcado por una infinita paciencia, como si se tratara de domar un animal, XiaoLi consiguió romper la coraza de desconfianza en la que Bolormaa se había encerrado. Conmovida por su desgracia y la tristeza que había en sus ojos, XiaoLi comenzó a hablarle. Al principio, sin mirarla, produciendo un monólogo que Bolormaa escuchaba a la defensiva. XiaoLi le hablaba del taller y sus miserias y luego acabó confiándole que lo que le había ocurrido con el señor Shao había sido su bautismo y que casi todas habían pasado por ello.

Bolormaa se quedó de piedra. ¿Cómo era posible tal monstruosidad? A ella, que era todo ingenuidad, nadie la había preparado para eso.

La asaltaron unas imágenes teñidas de pesar: visualizó la inmensa estepa salpicada de yurtas. Todo nómada sabía que si al pasar cerca de una de esas grandes tiendas veía una *urga*, la larga lanza con lazo que se suele usar para atrapar caballos, plantada en el suelo, eso significaba que había que dejar en paz a una pareja que estaba haciendo el amor. Nunca hubiese podido imaginar que perdería la virginidad en esas condiciones atroces. Como todas las niñas, ella también tenía sueños que acababan de hacerse añicos; el de un apuesto caballero que llegaba al galope y que debería llevársela para casarse con ella. Nunca ofrecería la cuerda de crin de caballo que servía para mantener la yurta marital, ni la manta cuadrada de fieltro para cubrir el techo. Esa violación era el verdadero punto final de su vida tradicional.

Le hubiese gustado echarse a llorar ante las tranquilizadoras palabras de XiaoLi, pero se endureció y desarrolló una mirada de acero que no permitiría que se le acercase ningún otro hombre.

Desde ese día, XiaoLi se convirtió en su vecina de dormitorio.

XiaoLi era amable, valiente y generosa.

Era una chica que sabía lo que quería, todo lo contrario a Bolormaa, a quien había tomado bajo su protección. Se había acercado a ella cuando Bolormaa estaba perdida, sola y desesperada y era el blanco de todas las burlas. Bastó con que lanzara una mirada gélida a las chicas que se estaban riendo de ella para que los crueles escarnios cesaran.

XiaoLi entendía a Bolormaa.

—Hay más lágrimas derramadas sobre la tierra que granos de arena en el desierto —dijo y, para consolarla, le ofreció jengibre confitado y acerolas caramelizadas, aquel fruto agrio, típico de Pekín.

Al principio, Bolormaa, intimidada y escarmentada, se mantenía en alerta. Apenas respondía cuando la joven china le hablaba, pero, poco a poco, se fue dando cuenta de que era una persona íntegra y se entregó al consuelo que brinda la empatía. Las conversaciones y luego las confidencias eran un alivio, un bálsamo para su corazón magullado, y también un cemento que empezaba a fraguar lentamente y solo quería endurecerse y consolidarse.

No tardaron en convertirse en aliadas contra la adversidad.

XiaoLi siempre tenía un proverbio o una sentencia de Buda preparados.

Era una chica moderna; vestía ropa de ciudad, vaqueros y camisetas, y llevaba una melena corta y recta con flequillo. Su peinado bailaba con gracia cada vez que movía la cabeza.

También había experimentado la desilusión, la tristeza y la amargura. Cuando la oscuridad se cernía sobre el dormitorio y no lograban conciliar el sueño entre tanto ronquido, a pesar del cansancio, ella le hablaba en voz baja. Le contaba, le explicaba, recordaba las razones por las que había venido a ese lugar.

—En mi ciudad, Wenzhou, había oído hablar de Ordos, la megalópolis de las estepas; corrían rumores sobre la fiebre china del momento, que consistía en construir ciudades en medio de la nada.

—Ordos ha crecido de golpe en pleno desierto —suspira Bolormaa—. Cuando era pequeña, aquí solo había arena y piedras hasta donde alcanzaba la vista. También había viento y libertad…

—Las autoridades decían que sería un nuevo Dubái y, sin embargo, esta joven ciudad sigue esperando a sus habitantes. Aquí proyectaba, igual que les ocurre a mis compatriotas de Wenzhou, todos los sueños de éxito y de bienestar de la juventud china. Ordos iba a ser el escaparate de la China del futuro, con sus edificios de alto nivel y sus apartamentos lujosos —murmura XiaoLi, con la mirada fija en el techo de hormigón a la vista del dormitorio.

—Las autoridades locales pensaron a lo grande, demasiado.

—¡El nuevo El Dorado de los chinos! Decían que Ordos experimentaría la misma efervescencia que las capitales asiáticas, ¡y en realidad no es más que una ciudad fantasma! Detrás de este decorado se esconde otra realidad...

—¿Cuál?

—¡No somos más que *mingong*! ¡Trabajadores migrantes!

—¡Qué triste! —añade Bolormaa—. Los *mingong*, cientos de millones de manitas que levantan el país a costa de interminables jornadas de trabajo en condiciones espantosas. Y el escaso sueldo que recibimos nunca nos permitirá escapar de nuestro miserable destino.

—No hay que fiarse de las cosas que no pueden suceder, porque son justamente esas las que suceden —declara XiaoLi.

—He dejado atrás el paraíso azul por esta esclavitud.

—Tenemos que irnos —afirma XiaoLi, decidida—. Hace tiempo que planeo irme de aquí, pero no para volver a Wenzhou. Me avergonzaría reconocer ante mi familia, mis amigos y mis vecinos que he fracasado, después de mi insistencia y a pesar de sus advertencias. No, Ordos solo es una desafortunada etapa. Mi futuro está ahora mucho más lejos. ¿Me acompañarías en este viaje?

—¡Oh! ¿¿Yo?? ¿Dónde sería?

Bolormaa siente una punzada en su interior, una esperanza, un anhelo que su habitual ansiedad vacilante podría poner en peligro. Se esfuerza por reprimirla y se aferra a las palabras de XiaoLi.

—Muchos habitantes de Wenzhou lo han hecho. Lejos, más allá de las montañas y los océanos, en el centro de un país europeo, Italia, existe una gran comunidad china en una ciudad llamada Prato.

—¡Prato! —exclama Bolormaa.

—Chiiis… Vas a despertarlas —susurra preocupada su compañera, aguzando el oído, pero solo oye respiraciones y ronquidos.

Bolormaa mete la mano debajo de la cama y saca una bolsa con sus efectos personales. Busca, hurga y extrae una tarjeta con las puntas dobladas y se la da a su amiga, que no logra descifrar los signos misteriosos que hay impresos en la cartulina. Bolormaa se lo explica:

—Aquí es donde hay que ir. La mujer guapa occidental tiene trabajo para mí. Es su dirección en... Prato —exclama Bolormaa, emocionada.

XiaoLi no entiende ni una palabra de su confuso discurso.

—¿De qué hablas? ¿Estás diciendo que conoces a alguien en esa ciudad? ¿Y que esa persona te ha ofrecido un trabajo? ¿Cómo es eso posible? —exclama sorprendida e incrédula.

—Es mi secreto —responde Bolormaa, reticente.

—¿Acaso no soy tu amiga? ¿No te lo he demostrado? Podrías compartirlo conmigo, sería una muestra de confianza. La amistad sin confianza es una flor sin perfume. Una buena fuente se conoce en la sequía; una buena amistad, en la adversidad.

Bolormaa no tarda en decidirse.

—La verdad es que esta historia suena bastante descabellada... Antes de venir a Ordos, cuando estaba haciendo la última recolección de cachemir con mi familia, confeccioné un suéter con el vellón de mis añoradas cabras. Lo hilé y luego lo teñí de rojo. Pero no un rojo químico y vulgar como el del taller, no, un color que preparé con cuidado con plantas salvajes que recogí en la estepa y que elegí por su poder colorante. Me llevó años de observación intentando reproducir lo que hacía mi abuela, probando muestras una y otra vez hasta llegar a ese resultado. Y justo cuando por fin podía tocar mi sueño con mis propias manos, el destino lo redujo a nada. Ojalá hubieses podido ver el resultado... Era una absoluta maravilla, el cachemir más hermoso de todos los tiempos.

XiaoLi parece dubitativa.

—¡Espera! —exclama Bolormaa, que vuelve a sumergir la mano en su bolsa y saca una pequeña bola de lana roja y la agita ante la mirada de su amiga—. Es un sobrante de la fibra que utilicé para tejer el suéter.

—¡Es precioso! —afirma embelesada la joven, desenrollando el hilo de cachemir escarlata—. Pondría verde de envidia a toda la familia imperial de la dinastía Ming. Es el color de los dioses del sol, el fuego y la guerra.

Fascinada, acaricia la flamante suavidad del hilo. De sus labios sale un verso del poeta chino del siglo IX Bai Juyi, como una plegaria:

—«Al amanecer, las flores de la orilla del Changjiang son de un rojo más radiante que el fuego».

Bolormaa, que siente que la ha conquistado, se regodea interiormente.

—Fue a partir de esa época que el «rojo de China» se usó para referirse a ese rojo brillante, símbolo de suerte y de felicidad —añade XiaoLi—. ¿Pero qué tiene que ver esto con Italia?

—Le vendí el suéter a una mujer italiana, la que me dio su tarjeta y me ofreció trabajo en su ciudad. Alessandra.

—¡Si esto no es una señal del destino...! En vista de esta historia, irnos de aquí se convierte en una obligación ineludible. No hay viento favorable para el que no sabe adónde va. —Reflexiona unos instantes sobre la situación y declara—: Necesitaremos dinero. Desde que vivo aquí, he intentado ir apartando un poco de cada paga, pero no es suficiente...

—Yo también tengo un poco ahorrado —dice Bolormaa—, gracias a esta venta inesperada. —Su euforia se deshincha como un suflé y continúa—: ¡Pero qué prueba insuperable! ¿Cómo lo hacemos para irnos? ¿Con qué transporte? ¿Por qué ruta?

—Si dejas reposar el agua fangosa, esta se aclarará. Del mismo modo, si dejas descansar tu mente turbada, lo que debes hacer aparecerá con claridad.

—¿Tú crees? —pregunta Bolormaa, llena de dudas.

—Sí. Ahora duerme, la noche es buena consejera. Lo hablaremos más adelante.

XiaoLi apaga la lámpara de la mesilla de noche, que proyecta sombras inquietantes sobre las paredes leprosas. Ambas se quedan dormidas, vencidas por un día agotador.

Bolormaa no tarda en empezar a soñar. Una de las imágenes es una mujer joven de ojos color azul lavanda, que se inclina sobre una cabra del rebaño de su padre. Su cabellera cobriza se mezcla con el sedoso pelo del animal antes de ser peinado y esparcido por el viento de la estepa.

Bolormaa se ha levantado temprano para coger el primer tren que la llevase al exterior de la ciudad, a la frontera con el desierto. Desde allí ha caminado dos horas hasta alcanzar la granja donde ahora trabaja su familia. Cuando llega al criadero de cabras *Capra hisca*, su padre y sus hermanos ya están trabajando. Quiere abrir la puerta, pero está cerrada, así que llama y echa un vistazo a su alrededor mientras espera. Se ha hecho un esfuerzo medioambiental con la plantación intensiva de miles de arbustos destinados a frenar la desertificación causada por el sobrepastoreo. Hay paneles solares y cámaras de vigilancia por todo el recinto. Las viviendas de los trabajadores están perfectamente alineadas como las piezas de un juego de construcción. Aquí, los métodos tradicionales de la trashumancia ya no satisfacen las reglas del desarrollo económico. Las cabras han sustituido la hierba tierna y aromática de la estepa por forraje en cercados inmensos.

Bolormaa está triste por sus padres. ¿Este es el progreso y la seguridad que querían Tsooj y Serdjee? ¿La vida moderna y cómoda, hacinados en cajas?

Oye unos pasos que se acercan. Es el andar de su madre. La puerta se abre dejando ver el rostro cansado de Enhtuya, que se ilumina en cuanto la ve. Su trenza se ha vuelto blanca como la nieve de sus añoradas montañas. La abraza, sollozando y murmurando palabras como las que se les dicen a los niños pequeños.

—No llores, madre, te lo ruego, sécate las lágrimas.

—¡Son lágrimas de alegría, tesoro! Entra, rápido —dice cerrando con llave.

—¿Cierras?

—Por desgracia, ya no estamos en la estepa, donde la puerta permanece abierta día y noche para dar la bienvenida a todos los viajeros que están de paso. Aquí, cada uno en su casa. No se comparte, la gente roba y no respeta nada.

En la estepa, nadie tiene propiedades y cada uno puede instalarse donde quiera. ¡Los nómadas se desplazan por las vastas tierras salvajes donde reina la libertad! Aquí todo es muy distinto, cada uno vigila sus posesiones y ansía las de los demás. Ningún lugar es seguro, así que es mejor cerrar la puerta con llave.

Bolormaa se sienta en una silla de plástico mientras su madre pone a hervir agua para el té en el hornillo eléctrico.

—Ves —le explica a su hija—, ya no tengo que ir cada mañana al prado a recoger estiércol de yak, hacer bolitas y dejarlo secar al viento para encender el fuego. Lo único que tengo que hacer es girar un botón y esto ya calienta. Los paneles solares han sustituido a los animales. Es limpio y fácil, no hay nada más que hacer. Ya no hay que ir a buscar agua al río o descongelar bloques de hielo, siempre que queremos tenemos agua en el grifo; ¡fría e incluso caliente!

—Es el progreso —dice Bolormaa—. Esto te libera de mucho trabajo.

—Ya no sirvo para nada —se lamenta Enhtuya—. Ya no ordeño, no hago queso, simplemente voy a comprarlo al supermercado de aquí al lado. Hay de todo, en grandes cantidades, cosas que nunca antes había comido, solo se necesita dinero para conseguirlas y de eso... no tenemos mucho.

—¡Por fin puedes descansar, has trabajado tanto en la estepa!

—Me aburro... Las horas pasan lentamente. Estoy aquí sola todo el día. No hablo con nadie y no tengo nada más que hacer que sacar el polvo. ¡De eso sí que hay, sí! ¡Con toda la arena del desierto que se filtra por todas partes!

Pasan la tarde entre conversaciones triviales acompañadas de té y, por la noche, Bolormaa se reúne por fin con toda su familia en esa casa de hormigón gris, después de su jornada laboral. Gritos de alegría, abrazos, risas. El olor del estofado de cordero cosquillea las fosas nasales de los hombres hambrientos.

—Sentémonos —dice Batbayr mientras él lo hace, y como Bolormaa duda, añade—: Siéntate donde quieras, ya no hay reglas que respetar... ¿Cómo iba a haberlas? Todos nuestros pilares han desaparecido y mucho me temo que con ellos también la bendición de los espíritus. ¿Cómo cumplir con el culto? ¿Dónde queda la forma redonda de la yurta, que evoca la bóveda celeste con sus pilares centrales simbolizando el eje cósmico, el vínculo entre la tierra y el cielo, que es la base de toda práctica espiritual? Aquí todo es rectangular, y las paredes rectas no significan nada. ¿Dónde queda el fuego, colocado en el corazón de esta representación del universo, el primer elemento que se instala cuando se monta la yurta? Aquí está contra un tabique, y lo único que tiene que hacer tu madre es girar un botón eléctrico. No hay llamas ni brasas ni cenizas.

—¡El fuego era sagrado! —dice Enhtuya dejando la olla en medio de la mesa—. Se colocaba sobre tres piedras que simbolizaban el padre, la madre y la nuera, madre de los herederos.

—No hay ninguna nuera —ataja Serdjee—. ¡Ya vale de tantas creencias anticuadas!

—Y cuando nos casemos —añade Tsooj—, será con una chica moderna de la ciudad y los herederos irán a la escuela. Recibirán una educación y disfrutarán de una vida más fácil que la nuestra. No tendrán que soportar burlas como nosotros, ni apestarán a cabra y a mierda de yak, ni serán unos ignorantes del mundo que los rodea. Vosotros estáis en contra de todo progreso, sois unos retrógrados. ¡Ya era hora de que eso cambiase!

Batbayr no contesta. ¿Para qué? Bolormaa, escandalizada ante la impertinente arrogancia de sus hermanos, observa a sus padres apretar los dientes y agachar la cabeza.

Enhtuya le ofrece un trozo de cordero a su hija, que extiende la mano derecha para cogerlo, con la izquierda apoyada bajo el codo derecho, como siempre ha hecho. La espontaneidad de ese gesto ancestral calma la amargura que siente Batbayr. Su querida hija es de su misma sangre. Bolormaa le sonríe, feliz de compartir una comida con ellos antes de volver a Ordos.

Ha venido hasta aquí para hablar con él.

Cuando terminan de comer, le pide que la acompañe al exterior del edificio, al abrigo de oídos curiosos.

Ahora que ya se ha puesto el sol, empieza a notarse el frío proveniente de la franja sur del desierto.

—Padre, tengo que hablar contigo de un tema serio —empieza Bolormaa, armándose de valor.

—¿De qué se trata, hija mía? —pregunta Batbayr, preocupado por ese tono solemne.

—Sé que tu trabajo aquí es duro, pero para mí, el panorama tampoco es mucho mejor. Están surgiendo talleres de cachemir por toda China y, solo en Ordos, ya hay decenas de ellos, comparables en tamaño al mío, donde estoy encerrada más de diez horas al día.

Batbayr no responde. Presiente que su hija le oculta cosas inconfesables por pudor, y no quiere oírlas. Está triste por ella. Se mantiene a la espera, temiendo lo que va a decirle.

—Las manos ágiles de las mujeres que danzaron durante siglos en sus telares son ahora reemplazadas por pesadas máquinas de hilar, cardar y tejer, que nosotras, trabajando como esclavas, accionamos.

—Hija mía, tú no eres una esclava. Nadie fuera de ti puede controlarte internamente. Si tienes eso presente, serás libre.

—¡Eso no son más que palabras! No puedo seguir viviendo así. Yo me he criado en el viento de la estepa, no soporto el cautiverio.

Batbayr suspira. Está cansado. ¿Cómo contradecir a su hija cuando él mismo siente las cadenas de la servidumbre? No tendría que haber cedido ante sus hijos. Debería haberse mantenido firme, ¡demostrarles quién manda! Se había quedado atrapado en sus propias redes como un arácnido en su telaraña.

—Padre, he venido a decirte adiós. Me voy a Europa en busca de una vida mejor.

—A la otra punta del mundo —murmura—. Yo ya estoy viejo. Probablemente no te vuelva a ver...

Bolormaa contempla a su padre, con la espalda encorvada bajo el peso del infortunio. El orgulloso nómada que cabalgaba los vientos de las estepas se ha desvanecido, dejando paso a un hombre de pelo blanco, envejecido por las preocupaciones.

—Cuando naciste, tu madre deseaba tanto una hija después de sus dos hijos que se alegró muchísimo de que los cielos benévolos le concedieran su deseo. Tú eras su pequeño tesoro. Pensaba que Tsooj y Serdjee se casarían. Por supuesto, tendría nueras, pero no es lo mismo que una hija que siempre se quedaría a su lado. Y ahora tú también la abandonas.

—¡Algún día volveré! —Bolormaa tiene la voz temblorosa—. Te lo prometo —añade.

Batbayr asiente escéptico.

—Cuando un hijo se va de casa, se lleva a su madre de la mano.

—Voy a Italia. Tengo una dirección —dice mostrándole la tarjeta de Alessandra.

—¿Con qué dinero?

—He vendido el suéter de cachemir rojo. ¡Por el doble de lo que esperaba! No me voy sola. Haré este viaje con XiaoLi, una compañera de trabajo china. Cogeremos el Transmongoliano hasta la frontera con Rusia, después el Transiberiano con destino a Moscú. Luego, ya veremos... tendremos que encontrar a un pasador.

—¡Un cabeza de dragón! —exclama Batbayr, asustado por el trato de su hija con un jefe de una red de inmigración ilegal.

—Ya lo sé, habrá que darle dinero, mucho dinero. Más de lo que tengo... Así que tendré que trabajar en Italia para saldar la deuda, pero no me asusta. Soy valiente.

—Espera —dice Batbayr, decidido.

Entra en el edificio mientras Bolormaa deja escapar la mirada hacia el cielo estrellado, que se extiende más allá, por encima de las montañas.

Vuelve enseguida y le entrega un fajo de billetes.

—¡Toma! Es lo que queda de la venta del rebaño. Te será mucho más útil que a mí. Sobre todo, no les digas nada a tus hermanos, se pondrían celosos... ni a tu madre, le entristecería demasiado saber que estás tan lejos... Pronto se dará cuenta —dice reprimiendo un sollozo.

Bolormaa le da las gracias y siente como le cae una lágrima, que su padre atrapa.

—Bolormaa —murmura contemplando la gota brillante en la punta de su dedo.

Bolormaa, el cristal de su nombre y de sus lágrimas.

Está a punto de empezar una nueva vida, abierta a lo desconocido y a todos sus peligros.

4

Arena

Dejo la patria y sangra el corazón.
¿Volveré a la tierra de mis ancestros?
Donde mi estirpe vivió en comunión
libre al viento, sin yugo de maestros.

Bolormaa siente desde lo más profundo de su sueño un rayo de sol que le acaricia el rostro. Intenta escapar de él, se tapa con la mano, frunce los ojos, hace muecas y luego se despierta del todo. Ve a XiaoLi de pie a plena luz, ya vestida, pero aparte de ella, el dormitorio está desierto.

—¿Qué hora es? —exclama, sentándose sobre la cama—. ¿Por qué no ha sonado el despertador?

—Porque hoy es un día especial —responde con picardía XiaoLi—. Estamos de vacaciones.

—¿Qué dices? ¡Llego tardísimo! ¡Qué miedo si el señor Shao se da cuenta! ¡Que Buda me proteja! ¡Quién sabe lo que sería capaz de hacer para castigarme!

Salta de la cama aterrorizada y se viste apresuradamente.

—Relájate —dice su amiga—. ¡Se ha acabado el trabajo agotador en las máquinas de tejer! ¡Y el odioso chantaje del señor Shao también ha terminado! —proclama agitando dos pasaportes en regla ante sus ojos.

Bolormaa mira sin entender y se pregunta si no estará soñando.

—¡Nuestro último día en Ordos será para hacer las maletas! —declara XiaoLi—. ¡Nos vamos!

A Bolormaa se le encoge el estómago de la ansiedad. Creía que aún tenía un poco de tiempo para domar su miedo, y ahora se encontraba contra la pared.

—¿Has cogido dinero de nuestro fondo común? ¿Has decidido por mí? ¿Sin consultármelo? —pregunta ofendida y paralizada de miedo ante lo desconocido, que se abre como un abismo a sus pies.

Tiembla ante la determinación de XiaoLi, porque entiende que es ahora o nunca.

—Es la vida la que ha decidido. Se me presentó la oportunidad como un regalo caído del cielo. Me encontré con un cabeza de dragón que andaba reclutando a gente alrededor de los talleres y nos apunté a las dos. Era un o lo tomas o lo dejas. ¡No había tiempo para dudar! No te lo conté antes porque no estaba segura de cómo saldría y no quería preocuparte por nada. Me entregó nuestros dos pasaportes chinos sellados con las autorizaciones para cruzar Mongolia y Rusia, y me dio una dirección en Moscú para poder continuar hacia Europa. ¡Se ocupó de todo! También de los billetes para el Transmongoliano, que había que reservar con varios días de antelación. Si gastamos poco, tendremos justo lo suficiente para llegar a Moscú con el Transiberiano.

—¿Te ha salido caro? —pregunta Bolormaa con voz opaca.

—La mitad de nuestros ahorros.

—¿Y qué vamos a hacer después? —se lamenta Bolormaa—. No quedará suficiente para los billetes de tren a Italia, la comida, el alojamiento...

—Eso es una cosa del futuro. Si un problema tiene solución, no hace falta preocuparse. Si no tiene solución, preocuparse no sirve de nada.

Bolormaa está petrificada ante la perspectiva del viaje que están a punto de emprender. ¡Y eso que ha vivido muchas peregrinaciones a lo largo de su vida nómada! Durante el verano y el otoño, su familia trasladaba los rebaños, a veces varias veces, para llegar a pastos más grandes y que los animales pudieran engordar alimentándose de vegetación fresca. Eran viajes con aire festivo. A ella le encantaba plegar la yurta y partir hacia los vastos pastizales. Sin embargo, ahora, los miles de kilómetros que tienen que recorrer en autobús, en tren e incluso a pie, si se quedan sin dinero, escapan a su comprensión. Se imagina un viaje agotador, peligroso y con un desenlace azaroso. Le tiembla todo el cuerpo. La angustia ha corroído su ilusión por escapar. El miedo a no volver a ver a sus seres queridos la mantiene clavada al suelo.

—Lo lograremos —la tranquiliza XiaoLi, mucho más decidida—. Si quieres escalar una montaña, empieza por abajo.

Su afán por irse le confiere una valentía inquebrantable, un coraje obstinado capaz de superar cualquier obstáculo.

—Nunca más veré el maravilloso azul del cielo sobre la estepa florida, nunca más veré a mis queridos padres —se lamenta Bolormaa.

—¿Quieres quedarte aquí? ¿En el aire irrespirable de este desierto que avanza? ¿Con el señor Shao acechándote con esa mirada malvada como si fueras una presa? —pregunta XiaoLi, molesta por sus quejas—. ¿Quieres pasarte toda tu vida siendo explotada como una don nadie? ¿Ser una esclava sexual? ¿Agotada a causa de un trabajo ingrato, envejecida antes de tiempo, asmática, con los pulmones llenos de arena, sin ninguna perspectiva de futuro? Todavía tienes elección… Recuerda que no puedes evitar que las aves de la tristeza vuelen sobre tu cabeza, pero sí puedes evitar que aniden en tu pelo.

Bolormaa resopla. Ya no sabe qué hacer. Entre tanto pánico, casi había olvidado la repulsión que sentía por el señor Shao. El vértigo de lo desconocido le nubla la mente. Está paralizada. ¿No es una imprudencia irse de manera clandestina? Darle todo ese dinero a los pasadores. Si su corazón no se hubiese rebelado, si no amase tanto la libertad, si hubiese podido establecerse en esa ciudad, ser sumisa en ese trabajo servil, asumir su condición como habían hecho sus padres y sus hermanos... Pero sufrir las agresiones del cerdo del jefe de servicio, no, ¡eso sí que no!

Algo orgulloso en su interior le dice que ya no hay vuelta atrás ahora que ha aceptado el dinero de Batbayr. Tiene que demostrarle que su sacrificio no ha sido en vano. Tiene que ser fuerte por su amado padre, que ya no puede serlo. Qué vergüenza, si él supiera... Le implora a Buda y a todos los espíritus de sus antepasados que la ayuden a ver las cosas con claridad.

—Ven conmigo —resuelve XiaoLi con voz firme—. Hoy tenemos vacaciones y vamos a aprovecharlo al máximo, ¡somos libres! Te voy a enseñar algo que te dará la fuerza que necesitas. Un bonito recuerdo para los días en los que estés cansada y desanimada.

Obediente, Bolormaa acepta seguirla. Se ponen en marcha por la carretera bañada por el sol y XiaoLi entona una canción de su tierra natal.

Hace un día precioso, pero a Bolormaa le cuesta disfrutarlo. Siente una gran aflicción, a pesar de la ligera melodía de la joven china, que la envuelve en unos sonidos pentatónicos con extraños efectos. Sin embargo, a medida que camina escuchando la canción, comienza a respirar con más facilidad. Ese canto crea unas espirales energéticas que van liberando gradualmente la tensión de su cuerpo.

—¿Qué cantas? —le pregunta intrigada.

—Es una canción que mi madre solía tararear para acunarme cuando era pequeña.

—Es preciosa —murmura.

Hacia el mediodía se acercan a un imponente complejo arquitectónico. Caminan en medio de una multitud anónima de peregrinos.

—¡Pero si son las ocho yurtas blancas! —exclama Bolormaa, que ha reconocido el lugar por la descripción que le había hecho su padre.

—Sí, el mausoleo de Gengis Kan.

Bolormaa está tan conmovida y emocionada que se le saltan las lágrimas. Son tantas las noches alrededor del fuego oyendo a Batbayr hablar de ese lugar de meditación tan querido por su pueblo, pero nunca había estado allí.

El cenotafio está compuesto por varios conjuntos, todos dedicados al gran emperador.

Las dos amigas se ven arrolladas por la energía que emana de ese lugar. Se cruzan con mongoles y chinos que han venido a ofrecer incienso y contemplar la llama eterna que arde desde hace seiscientos años. Por todas partes hay visitantes que se apresuran hacia la escalera que conduce al mausoleo. Está rodeada de esculturas cuyos pedestales tienen grabadas máximas de Gengis Kan. Bolormaa las lee con fervor al pasar.

—Fue un gran político y un genio militar. ¡Mi madre dice que era un verdadero feminista en la Edad Media! Tradicionalmente, en Mongolia, los hombres secuestraban a las niñas de las tribus vecinas y las obligaban a casarse con ellos, pero nuestro soberano universal lo abolió por ley. Todos los hijos, ya fueran niños o niñas, nacidos de la unión de un hombre con su esposa o concubina, eran herederos legítimos. Las mujeres mongolas estaban en una situación mucho mejor que la mayoría de las mujeres de la época. Administraban su hogar, podían divorciarse de sus maridos y sus consejos eran escuchados. El poderoso Kan también les permitió acceder al ejército, donde podían ocupar distintos cargos en la milicia.

—Aunque reconozcamos que fue un líder excepcional —no puede evitar matizar XiaoLi—, ¡no olvidemos que nosotros fuimos su primer objetivo! Las fortalezas consideradas inexpugnables de la dinastía Jin fueron asediadas para apoderarse de las riquezas de China del Norte. Y cuando Pekín fue finalmente sometida, atacó la Gran Muralla y masacró a la población.

—Sin embargo, fue con la ayuda de ingenieros chinos que desarrolló las técnicas que hicieron de él y de sus combatientes los líderes de asedio más temidos de la historia —contesta Bolormaa, experta en las hazañas del jefe supremo.

Le vienen a la memoria todas las proezas gloriosas que le contaban durante las veladas. Imbuida de innumerables historias narradas por su familia, se esfuerza por convencer a su amiga, que se aguanta las ganas de rebatírselo para que no decaiga ese creciente entusiasmo, pues parece una señal beneficiosa para sus planes de marcharse. ¡Mejor no decir nada!

Entran en el interior del monumento, que es tan espectacular como las inmediaciones.

En una suntuosa sala redonda, bajo una cúpula dorada sostenida por ocho pilares rodeados de dragones, se encuentra la estatua de mármol blanco de cinco metros de altura del unificador Gengis Kan. Atónitas, las dos jóvenes quedan sobrecogidas ante su imponente majestuosidad antes de fijarse en las paredes que hay detrás, en las que aparece representado un mapa del imperio, en forma de rinoceronte. Prestan atención a un guía, rodeado de un grupo de turistas, que comenta lo que están viendo:

—Desde el Mediterráneo al mar de Japón, se extienden trescientos veinte millones de kilómetros cuadrados por cuatro continentes. El recinto está decorado con mil doscientos seis dragones de oro, en referencia a la fecha de la fundación del imperio —explica—. El pueblo con las tribus menos estructuradas de la historia de la humanidad dominó el mundo a través del reinado más poderoso jamás conocido, gracias a un líder que supo hacer valer los principios del Estado.

Bolormaa está cautivada y su corazón late orgulloso y acelerado al oír hablar de la grandeza de su historia. XiaoLi, que la observa de soslayo, se dice para sus adentros que es momento del golpe final que disipará por completo todas sus dudas.

—¿Cómo te atreves a temer el éxodo cuando este intrépido conquistador fundó una nación prestigiosa que trajo la paz a su pueblo? ¡A tu pueblo! —recalca con un tono muy solemne y algo forzado.

En ese lugar, todo desprende gloria y esplendor.

—Es el padre de los mongoles, una figura rodeada de un inmenso respeto —murmura Bolormaa con deferencia.

—¡Renunciar a nuestro proyecto sería una injuria hacia él! —dice XiaoLi con astucia, segura de haber dado en el clavo.

Los palacios exhiben las ocho yurtas originales, cubiertas con tela blanca de damasco bordada y rodeadas de oro. Cada una de ellas perteneció a Gengis Kan o a uno de sus descendientes. Albergan las posesiones de sus dueños, encerradas con puertas de madera finamente decoradas. Unos relicarios monumentales contienen ofrendas y objetos votivos.

Bolormaa se desabrocha el collar de cuerno de

yak tallado por su padre y lo deposita al pie de un cofre.

—Que el conquistador del mundo proteja mi viaje —susurra inclinándose con reverencia.

Al salir del mausoleo camina con la frente alta y la mirada lejos, en el horizonte, en dirección al desierto de Gobi, que sopla una tormenta de arena hacia Pekín. Siente el alma reconfortada, llena de esperanza.

—Es mejor la conquista de uno mismo que ganar mil batallas —declara, exaltada.

Camina con tanta determinación que a XiaoLi le cuesta seguirla. Ahora sabe que ya no teme partir hacia su destino.

Se han levantado temprano y han guardado algunos objetos personales en las mochilas. Han dividido el dinero restante por si se separaban en el camino. ¿Separarse? ¡Imposible! Se sienten unidas como siamesas; la tradicional y la moderna. Bolormaa ha guardado su billete para el Transmongoliano y su pasaporte con las autorizaciones en el bolsillo interior de su *khantaaz*. Aunque es otoño, ya hará mucho frío cuando crucen Siberia, así que también se ha puesto su *deel* de invierno, forrado de piel de oveja. XiaoLi lleva un jersey de cuello alto y una chaqueta de plumas rosa fosforescente. En los pies lleva sus características zapatillas, también de color rosa. Probablemente no sea un calzado muy adecuado, pero no tiene zapatos más cálidos, así que tendrá que conformarse con eso y, en cualquier caso, son del color que le encanta llevar.

—Ya hay suficientes cosas oscuras en mi vida como para que también tenga que vestirme de negro. Prefiero intentar camelarme el futuro. ¡Yo creo en la psicología del color!

Han salido de puntillas del dormitorio para no despertar a nadie, puesto que se van sin pagar el último mes de alquiler. Bolormaa no tiene la conciencia tranquila. A pesar de que el señor Shao se atreviese a afirmarlo, ella no es una ladrona y siempre ha puesto todo su empeño en vivir de manera honesta. XiaoLi, que no tiene ningún reparo en moldear la moral según su conveniencia, dice que no es un robo, porque la fábrica que las hacía trabajar como esclavas y que las tenía alojadas en ese lugar infecto las había explotado, así que solo estaban recuperando lo que era suyo. Eso les daría algunos billetes más para el viaje. A Bolormaa no le cuesta demasiado dejarse convencer.

Fuera todavía es de noche. Bolormaa alza la vista anhelando ver las estrellas, pero aquí, en la ciudad, hay demasiada contaminación lumínica para poder distinguirlas, y el manto de polvo de la arena que obstruye el cielo no le deja ninguna esperanza. Van a pie hasta la estación de Ordos para coger el tren que las dejará en Pekín, su primera parada. El billete hasta la capital no está incluido en el servicio que presta el pasador. Tienen que arreglárselas solas para llegar hasta allí. Por suerte, el billete no es caro, lo que tranquiliza a XiaoLi.

Las dos amigas se acomodan lo mejor que pueden en el asiento, la una contra la otra, preparadas para un trayecto que va a durar once horas. Hay muchos chinos a su alrededor que regresan a la metrópoli.

«Ahora empieza el gran viaje», piensa Bolormaa mientras ve pasar los edificios vacíos a través del cristal sucio. Para infundirse valor, se repite una máxima de Buda: «Solo tú eres tu propio maestro. El esfuerzo debe venir de ti».

El paisaje ya empieza a cambiar. Dejan atrás la ciudad fantasma que los inversores chinos erigieron y después abandonaron, y los miles de arbustos plantados contra la desertificación dan paso a la arena. El jefe de vagón cierra las ventanillas, ya que el polvo entra por todas partes. El tren atraviesa a toda velocidad el desierto de Kubuqi, cuya única arborescencia consiste en los postes eléctricos que siguen la vía.

XiaoLi se ha quedado dormida, mecida por el traqueteo. Bolormaa no duerme. Piensa en las veladas familiares en la yurta, cuando su padre le contaba la historia de ese lugar. Kubuqi significa «cuerda de arco» en mongol, porque su forma recuerda a un arco suspendido en los meandros del río Amarillo. Se le hace un nudo en la garganta al recordar a su familia.

Nunca se hubiese imaginado que echarlos de menos pudiera dejarla en tal estado de agotamiento moral. Siente la ausencia de su padre y recuerda cuando explicaba que hace dos mil años aquí había estepas cubiertas de vegetación exuberante, surcadas por ríos rápidos y tierras fértiles. Se lamentaba de que, por desgracia, el ser humano, insensato, hubiese destruido ese precioso regalo del cielo. Las guerras, el desbrozo excesivo y la tala desmesurada de árboles causaron el empobrecimiento, la degradación y el deterioro del suelo. Bolormaa siente una desesperación que, poco a poco, se apodera de ella, anegándole los ojos. Le cuesta imaginar una naturaleza frondosa en ese lugar en el que no hay más que un inmenso mar de arena hasta donde alcanza la vista. El desierto que atraviesa está en sintonía con su alma; una felicidad perdida para siempre que le drena todas sus fuerzas. Se dice a sí misma que la locura del ser humano está ahí mismo, frente a sus ojos, y que ella también forma parte. ¿Por qué el destino la señaló con su dedo implacable en la lotería de la vida? ¿Por qué debe abandonar el país que la vio nacer? Los dioses podrían haberla depositado en otra tierra, haberle dado la oportunidad de vivir en un lugar cómodo, donde podría haber tenido una vida plena en compañía de sus seres queridos. No verse obligada a huir avergonzada y con toneladas de remordimientos demasiado pesados para cargar con ellos. Ya no pertenece a ninguna patria; no es ni de la que huye, ni de la que anhela, ni de las que recorrerá. No es más que una migrante clandestina, un parásito. Su nombre, que evoca las aguas cristalinas del torrente que baja por las montañas, alegre como una promesa en el cielo añil de la estepa, ya no tendrá ningún significado para los oídos extranjeros.

Tras interminables horas durmiendo mucho y comiendo poco, el tren por fin se acerca a Pekín. Crece la excitación en los vagones. Los chinos están impacientes por volver a la bulliciosa vida de su madre patria tras una estancia en medio de la nada. Bolormaa, en cambio, siente miedo al llegar a la estación. El convoy vomita su contenido de hombres, mujeres y criaturas en el andén. Hay maletas por todas partes que se tienen que ir esquivando. Fuera, en la calle, las dos amigas se ven atrapadas por el torbellino de la ciudad. De todas partes salen coches que pasan rozando las bicicletas, autobuses y camiones haciendo sonar las bocinas, todo ello en una atmósfera irrespirable. En el cielo, un inquietante manto de color marrón grisáceo cubre la ciudad. Bolormaa nunca ha visto nada igual. XiaoLi, claramente más acostumbrada, le agarra la mano y toma la iniciativa.

—Ven —le dice—. Tenemos que comprar comida y bebida para un tiempo. La comida del tren o la que hay en los andenes en los que pararemos es demasiado cara. Tenemos que controlar lo que gastamos. Si nos alejamos de aquí, encontraremos a pequeños comerciantes que venden productos a precios normales para lugareños.

—¿Cómo encontraremos el camino de vuelta? —pregunta preocupada Bolormaa, a quien tanta agitación vuelve temerosa.

—No te preocupes, tenemos dos horas antes de coger el Transmongoliano que nos llevará hasta la frontera rusa.

Bolormaa se aferra a la mano de XiaoLi, aterrorizada ante la posibilidad de perderla. Las dos jóvenes se abren paso en medio de la bulliciosa muchedumbre.

A Bolormaa le faltan ojos para verlo todo. La cabeza le da vueltas.

Se queda maravillada ante los escaparates de las tiendas, que ofrecen todo lo que se pueda desear, desde lo más indispensable hasta lo más excéntrico. XiaoLi le mete prisa, no hay tiempo en su horario para ir de compras.

Compran provisiones, llenan sus mochilas con botellas de agua, fideos deshidratados y galletas, y se dirigen a toda prisa hacia la explanada de la estación de ferrocarril donde se arremolina una marea humana muy densa. En el vestíbulo hay viajeros sentados en bancos, tumbados en el suelo o de pie ante los tablones de horarios intentando encontrar su andén. Bolormaa se pregunta cómo se las arregla su amiga para descifrar el panel donde aparecen tantos destinos que la marean, pero confía en ella. Se ha dado cuenta de que XiaoLi es muy espabilada y que estaría perdida sin ella, así que se aferra a su brazo como a un bote salvavidas. Su peor pesadilla sería verla desaparecer, engullida por ese mar agitado de cuerpos en movimiento. Solo de pensarlo le entran sudores fríos.

—¡Ven! —le dice XiaoLi, segura.

Se dirigen hacia un largo pasillo que lleva a una escalera. La suben y una vez arriba encuentran su vía. Bolormaa suelta un suspiro de alivio. Se le destensa el nudo que tenía en el estómago. Piensa en lo afortunada que es de tener a una compañera como XiaoLi. «Una buena fuente se conoce en la sequía; una buena amistad, en la adversidad».

El andén está abarrotado de gente.

No tienen que esperar demasiado para ver aparecer la locomotora del famoso y mítico tren verde oscuro con la franja amarilla que lo recorre.

Es un convoy interminable. Caminan a lo largo de todo el andén para llegar a la parte delantera, donde está la tercera clase. Al pasar observan el interior de los vagones de primera clase a través de las ventanillas; a medida que avanzan, van comprobando que el lujo de las literas y cabinas disminuye.

Las azafatas, con sus uniformes azules y blancos, esperan de pie y sonrientes delante de las puertas, donde se amontonan chinos, mongoles, rusos y turistas extranjeros.

Bolormaa y XiaoLi suben a bordo y avanzan en zigzag entre los pasajeros mientras estos se acomodan.

En el vagón hace mucho calor y el contraste con el exterior resulta sofocante.

Toman asiento en un compartimento con grupos de seis literas. Junto a ellas hay un elegante señor de unos sesenta años con una camisa de rayas azules y una corbata a juego. ¡Ningún problema! En cuanto el tren se pone en marcha, el hombre cambia la camisa y la corbata por unas bermudas y una camiseta. Era la señal que todos esperaban. De inmediato, todo el mundo se pone ropa cómoda para el trayecto: chándales, batas, chanclas y zapatillas sustituyen a la indumentaria de ciudad.

Bolormaa y XiaoLi están sorprendidas ante tanta efervescencia. Ellas no se han traído ropa de recambio, pero su atuendo es bastante cómodo.

Una chica rubia de su edad se sienta en su compartimento. No habla ni una palabra de chino, ni ruso ni inglés. XiaoLi no consigue averiguar qué idioma habla.

—¿Quizá es italiano? —sugiere Bolormaa.

La joven, que claramente tiene ganas de comunicarse, lo intenta con ayuda de su móvil y el traductor de Google. ¡Sin éxito! Así que, decepcionada, se levanta y se aleja en busca de compatriotas.

Una mujer mayor y redonda como una *matrioshka* se instala delante de las dos amigas. Tiene un rostro rollizo de mejillas sonrojadas y está envuelta en un chal de lana con flecos, decorado con flores grandes y coloridas sobre un fondo negro. Una *baba* de otra época, una mujer rusa de clase modesta, que parece salida directamente de la Rusia soviética de antes de la guerra. Se dirige a ellas en chino con un marcado acento ruso.

—¿Vais a Mongolia? —pregunta, con ganas de conversar.

—A Moscú —responde XiaoLi.

—¡Pobrecitas! —exclama enternecida—. ¡Lo que os espera todavía!

Bolormaa lanza una mirada de preocupación a su amiga.

—Yo vuelvo a casa —continúa la mujer, evidenciando que es una entusiasta charlatana—, en Rusia, en Ulán Udé, justo al cruzar la frontera mongola. He ido a visitar a mi querida hija, a mi yerno y a mis nietos que viven en Pekín. Por desgracia, apenas los veo y probablemente sea la última vez que haga este trayecto. Mi tiempo de viajar se ha acabado, el reumatismo ya no me lo permite. En otoño sufro por la humedad; en verano, el calor me sofoca, y en invierno, el frío cala mis pobres huesos. ¡Espero que vengan a visitarme a Siberia antes de que Nuestro Señor me lleve con él! —Hace una pausa y luego añade—: Ya sabéis, la gente joven... siempre ocupada, siempre trabajando como locos, así es la vida moderna. Y, además, la campiña siberiana es un desierto de aburrimiento sin sitios donde salir, sin cines... ¡ellos son de otra época! —dice para disculparlos—. Y vosotras, pequeñas mías, tan lejos de vuestra casa...

Rebusca en las profundidades de su bolsa, saca algunas galletas y se las pone en las manos con firmeza.

—Gracias, señora —balbucea Bolormaa.

—Podéis llamarme *babushka*, «abuela» en ruso; tengo nietos de vuestra edad.

Bolormaa se siente embargada por una oleada de ternura hacia esa anciana, que le recuerda a su abuela, y le reconforta la idea de hacer parte del viaje en su compañía. Sobre todo porque probablemente será una valiosa traductora.

Babushka tararea una canción de su país, por compasión hacia esas chicas que se van a la otra punta del mundo. Canta. También para ella, que vuelve a su soledad. El sufrimiento en común une más que la alegría. Las dos amigas se dejan llevar por la melodía. La voz de la mujer va ganando seguridad, se eleva en la noche, se extiende por la estepa infinita, la mongola y la siberiana, y hace que todo lo que duele se desvanezca.

El tren ya ha salido de Pekín y avanza hacia horizontes más amplios al ritmo del traqueteo.

Viajan en unas condiciones austeras, sin embargo, ambas están contentas de estar a resguardo durante seis días de éxodo. Se disponen a recorrer nueve mil doscientos ochenta y ocho kilómetros, pasando por ocho husos horarios y mil estaciones.

Saben que lo más difícil está por llegar, pero ahora que han dado el primer paso, no hay nada en el mundo que pueda detenerlas.

5

Música

La tonada de aves del arenal
ondula en la duna y se suma al viento,
que sopla en la arena un géiser vital
que desciende como aire turbulento.

Desde que salió de Pekín, el Transmongoliano ha llevado consigo a Bolormaa y a XiaoLi, con las caras aplastadas contra las ventanillas, viendo pasar el paisaje provincial. Los campos de maíz y los arrozales se suceden. Plantadores ataviados con sombreros de paja cónicos trabajan en los campos de cereales. Los tejados de las pequeñas estaciones rurales están decorados con amasijos de coloridos dragones y perros de barro. Las pagodas de madera con las puntas levantadas en espiga salpican la llanura. Poco tiempo después se oyen exclamaciones entre los viajeros y todos se pegan a los cristales para admirar los primeros vestigios de la Gran Muralla, visibles de muy cerca durante varios kilómetros. El monumento ondula a través de las praderas como una serpiente gigante.

—El mortero que se utilizó para fijar las piedras está hecho de harina de arroz —dice XiaoLi—. Según la leyenda, un dragón servicial esbozó el trazado de la Gran Muralla para la mano de obra, y los constructores solo tuvieron que seguir su diseño durante los miles de kilómetros que recorre.

Pronto los alegres paisajes dan paso a un mar de arena que invade lo que hasta hace poco eran campos, ahora baldíos. El tren se dirige a toda velocidad hacia la otra Mongolia, a través del desierto de Gobi.

—Nunca hubiese imaginado que este desierto inmenso se extendía hasta casi las puertas de la capital, amenazando con engullirla —declara sorprendida Bolormaa.

—El «dragón amarillo» devora a los pueblos —dice XiaoLi.

—Habrían sido abandonados a su triste suerte si no se hubiese descubierto que las dunas estaban a tan solo unos sesenta kilómetros de Pekín —comenta Babushka—. Es un grave peligro que se cierne sobre los habitantes, que están preocupados desde que las tormentas de polvo han aumentado como nunca antes.

—¿Qué pasará? —pregunta Bolormaa.

—Antaño construyeron la Gran Muralla para detener las invasiones y ahora hay una que está por venir que es todavía más amenazadora —dice XiaoLi.

—Pero su Gran Muralla no pudo detener a Gengis Kan —contesta Bolormaa.

—Es verdad —admite la joven china—. Un trabajo que costó más de cien años de esfuerzo puede destruirse en un solo día.

—Pekín quiere levantar una muralla verde de cuatro mil quinientos kilómetros para intentar frenar el avance de la arena —explica Babushka y suspira—. No me gusta nada lo envenenado que estará el aire que respirarán mis nietos dentro de unos años...

Una hermosa mujer rusa que viaja con su hijo va y viene entre su compartimento y el pasillo para distraerlo. Un trayecto así debe de parecerle muy largo a un niño. Se apoyan en la barra de cobre que hay debajo de las ventanas e intentan vislumbrar algún pájaro o un animal salvaje bajo el sol poniente. Ella le explica el paisaje y las leyendas de ese lugar.

Cae la noche detrás de los cristales y se extiende sobre las dunas monótonas, que se repiten una y otra vez.

Cuando ya tienen suficiente, regresan a sus asientos.

A petición de su madre, el niño empieza a tocar el acordeón a piano. Desliza sus dedos nerviosos por las teclas, despertando el interés de un público curioso e improvisado. De inmediato, sin darse cuenta, con su instrumento pegado al cuerpo, cautiva con una melancólica melodía tradicional a sus oyentes fortuitos, que están encantados de tener una distracción. Empieza, seduce, atrae y da la impresión de que la música sale de sus entrañas. Entonces la mujer canta con una voz ronca y sensual un tierno romance. Empieza a sonar en el vagón la canción popular rusa sobre las noches en Moscú, que se llama *Podmoskovnyïe Vetchera*, una melodía perturbadora llena de pasión reprimida, reavivando la nostalgia por una edad de oro pasada en la memoria de sus gentes. Los rusos cantan como si respiraran. Rápidamente, las voces se elevan y se entremezclan con la de la mujer, inflexiones melódicas desesperadamente hermosas. Veinte, treinta voces, tarareando ese exaltado y dulce lamento con toda su alma hasta la embriaguez. Incapaz de resistirse a la llamada, Babushka se lanza a cantar, uniéndose a la melodía, enrollando y desenrollando florituras, y se funde en ella con deleite. Atenta, busca las modulaciones. Vocaliza y se olvida de todo lo demás; invade la noche de un lado al otro de la tierra. Sus variaciones parecen sugerir que ese momento de reminiscencia vuelve a ser presente. Un coro improvisado canta a pleno pulmón. Ya no existe nada salvo la euforia efímera de crear juntos una escapatoria armoniosa. En esa noche en medio de ninguna parte, Bolormaa escucha. Se deja llevar por la emoción de una melodía desgarradora, venenosa como el opio, vasta como la taiga;

demasiada aflicción para su comprimido pecho. Hay muchos recuerdos cautivos en el piano de los pobres y, cuando el niño lo toca, puede oírlos desbordándose y salpicándolo todo. La tarde aletargada se ilumina, triunfante. La azafata, enfundada en su uniforme azul y blanco, ha salido de su cabina con una pila de ropa de cama en los brazos, y una lágrima de ternura se desliza por su mejilla.

El concierto espontáneo termina con un aplauso entusiasta. La mujer hermosa le da un beso a su hijo, que está orgulloso de haber provocado ese cataclismo general.

Pero ahora ya toca guardar el acordeón.

En el compartimento, los viajeros colocan las sábanas en los bancos de escay y se disponen a dormir.

XiaoLi y Bolormaa, que poseen la agilidad propia de la juventud, se han apropiado de las literas de arriba.

A las once empieza el toque de queda obligatorio para todos.

Se apagan las luces y, poco a poco, todo el mundo se va quedando dormido. Todo está en silencio, ya solo se oye el ruido del tren y la respiración de los pasajeros.

Bolormaa ha introducido el dinero en el interior de su pantalón de pijama antes de acostarse. Siente los billetes arañándole la piel y eso la tranquiliza, puesto que lo que más teme es que le roben. Se deja acunar por el balanceo acompasado del vagón mientras piensa en el cielo infinitamente azul de su tierra natal, y se pregunta si la otra Mongolia, la independiente, se parecerá a la suya. En la penumbra del compartimento, con el pálido reflejo de la luz nocturna y los ojos cerrados, espera los sueños que llegarán cuando se duerma. Se deja mecer por los tranquilizadores ronquidos de Babushka. Un dulce letargo la transporta a las laderas de las montañas, a acariciar el cuello sedoso de sus cabras.

¿Cuántas horas lleva durmiendo cuando XiaoLi la sacude en la oscuridad? El tren vibra sobre las agujas, reduce la velocidad, se hunde en la oscuridad y se detiene en una estación. De pronto, la luz inunda la cabina. En el andén hay guardias fronterizos colocados unos al lado de otros, a la misma distancia.

Bolormaa se incorpora y lee ERLIAN en la fachada.

Suena música militar por los altavoces. Una voz que sale de los bafles enuncia consignas en ruso.

—No entiendo nada —dice XiaoLi.

—Tenemos que quedarnos en los vagones y esperar a los controles —traduce Babushka, envolviéndose los hombros con el chal con un movimiento preocupado.

Esas marchas marciales siempre la transportan involuntariamente a la época estalinista, donde era mejor pasar desapercibida y no encontrarse en el punto de mira del régimen autoritario instaurado por el padre de los pueblos, Stalin. Ha conocido muchas teorías despóticas articuladas en nombre del progreso obrero, organizaciones, las *sovjós*, que son granjas estatales de la URSS, o las cooperativas agrícolas conocidas como *koljós* y planificaciones que le dejan una huella de amarga aprensión indeleble.

El tren arranca y da marcha atrás.

—¿Qué pasa? ¿Hemos suspendido el examen para pasar? —bromea XiaoLi—. ¿Nos envían de vuelta a China?

—Por supuesto que no —dice Babushka, encantada de ejercer de intérprete—. Vamos a cambiar los ejes. El ancho de las vías de Rusia y sus antiguos países satélite es mayor que el del resto del continente. Los trenes chinos no pueden entrar en Rusia o Mongolia sin un ajuste.

—Seguramente para evitar las invasiones —dice Bolormaa.

—O las huidas —contesta XiaoLi.

—Altibajos de la historia —precisa Babushka, que las ha visto de todos los colores y ha aprendido a ser fatalista—. Los acuerdos de Yalta ratificaron la división de los mongoles en dos entidades: Mongolia Exterior, que no forma parte de China, está bajo protectorado soviético y que, hoy en día, es independiente, y Mongolia Interior, provincia china.

En el compartimento, todo el mundo escucha sus explicaciones sin rechistar. Una *babushka* que ha vivido la guerra y el comunismo es lo bastante poco común como para suscitar el respeto de todo el mundo. Ha vivido mucho, así que necesariamente siempre tiene razón. Podría incluso enfadarse con un guardia fronterizo y este no se atrevería a tomar represalias.

El convoy se detiene con violentas sacudidas en una gran nave diseñada para esa operación. Separan los coches y los levantan con enormes gatos hidráulicos. Los pasajeros se agolpan contra las ventanas para disfrutar del impresionante espectáculo. Un guardia rojo vigila la escena. Los ferroviarios acuden a soltar los *bogies* para almacenarlos en el fondo del edificio mediante un sistema de cables; luego traen otros chasis móviles y los fijan a los vagones. Hay mucho ruido, zarandeos violentos con cada desplazamiento o separación de furgones, y Bolormaa teme que la chatarra se rompa en mil pedazos. Ese proceso lleva mucho tiempo, y durante todas las horas que permanecen en la estación, los baños están cerrados con llave. XiaoLi no aguanta más. Bolormaa tampoco. La azafata, inflexible, se niega a abrirles la puerta. Las normas son sagradas. Hay que bajarse al andén.

—Suerte —dice Babushka con un tono burlón.

A ambas les aterroriza la idea de que el tren se vaya sin ellas, pero se dirigen hacia el pictograma de los baños con sorda aprensión. XiaoLi, apresurada, se precipita hacia la puerta de uno de los servicios, y allí la golpea un olor nauseabundo proveniente de una innombrable erupción de excrementos.

—¡Cierra esa puerta! —grita Bolormaa, asfixiada por un hedor que espantaría incluso a un ejército de duros cosacos.

XiaoLi, horrorizada, da una violenta patada a la puerta de madera, que se cierra con estruendo.

—¡Qué imagen tan horrible! ¡Mira que he visto cosas asquerosas, pero esto es demasiado!

Las dos amigas, que ya no saben si reír, llorar o vomitar, prefieren seguir aguantándose y volver al compartimento, al borde del dolor y el drama.

A Babushka le cuesta aguantarse la risa al verlas contorsionándose, repugnadas.

Por fin, la locomotora arranca de nuevo y ambas corren hacia la azafata, que, por fin, accede a abrirles el baño.

Es la una de la madrugada.

—No os volváis a dormir —les aconseja Babushka—. Nos detendremos también en la frontera para pasar un control.

—¡Esto no acaba nunca! —suspira XiaoLi, agotada.

Bolormaa, en cambio, está preocupada.

—¿Crees que tendremos problemas con los pasaportes? —le susurra al oído a su amiga.

—No te preocupes, están en regla para llegar hasta Moscú. Hemos pagado bastante por ello.

—Estaré más tranquila cuando lleguemos a Rusia.

El tren aminora la marcha y se detiene en la primera estación de Mongolia.

Bolormaa piensa para sus adentros que debe de haber mucha pobreza aquí. Hay montones de productos, bebidas y comida colocados en línea a lo largo del andén, a la espera de un hipotético comprador y, sin embargo, una voz pide a los pasajeros que no bajen; son los guardias que suben al tren y distribuyen los formularios de aduana. Las dos chicas ya se saben su número de pasaporte de memoria de tanto escribirlo en todos los documentos. Amanece y el sol inunda la estación con una luz que le confiere una falsa sensación de belleza. Solo se distinguen algunos edificios grises de hormigón, pero Bolormaa puede vislumbrar el centelleante polvo dorado en el cielo de su país vecino. Los aduaneros mongoles sonríen. Dan las gracias y la bienvenida, contentos de que los visiten. A Bolormaa se le encoge el corazón. Tiene ganas de bajar, de respirar el aire que recorre las vastas extensiones, más allá de la frontera.

El convoy reanuda el viaje a través de la estepa gemela de la que hay en su tierra. Tiene un nudo en el estómago, fruto de la nostalgia. Los últimos retazos de su feliz vida nómada se le escapan a la velocidad del ferrocarril, que esparce sus recuerdos a lo largo de las vías: cosechar la sal en otoño, peinar las cabras en primavera, fabricar mantequilla en odres de piel. Poco a poco, las casas han ido dando paso a las yurtas, parecidas a las de su familia. El tren atraviesa un mar de hierba invadido por caballos, yaks y ovejas. Puede distinguir la vibración intensa de los ríos que, tras haber descendido a toda velocidad de las cumbres rocosas, ahora corren por la llanura y desembocan en grandes lagos cuyos colores cambian según la hora del día; azul profundo, verde esmeralda, pastel o plateado. Se acuerda de la niña que una vez fue, aferrada a su padre, galopando en su fogoso caballo al son de la armoniosa melodía del viento de la libertad. Con la mirada apenada, absorbe tanto como le es posible la belleza de dicho espectáculo, la plenitud del momento perfecto que se escapa para siempre.

6

Té

*Despierto cuando las aves entonan
canciones para que dance la flora.
Las altas montañas me conmocionan
y el hechizante cielo azul me azora.*

Bolormaa ha perdido la noción del tiempo. Ya no sabe cuántos días han pasado desde que salieron de Ordos. Han transcurrido horas interminables, mezclándose con las fronteras y los husos horarios que van saltando de país en país. Controles de pasaportes sellados por nuevos agentes de aduana, inspecciones de cabina en busca de polizones y paradas en las que vendedores ambulantes acuden a toda prisa, siempre los mismos, de estación en estación. Las dos jóvenes contemplan el paisaje, se cuentan su vida, escriben o dibujan en un cuaderno, comen, beben, duermen, pensando que mañana también tocará dibujar, comer, beber y dormir, en el mismo tren con las mismas personas, con las mismas canciones de Babushka, que se entrelazan al compás del traqueteo de los raíles.

El tiempo se detiene.

Bolormaa siente el balanceo del ferrocarril en sus entrañas. Incluso cuando baja a algún andén, continúa notando las sacudidas en su interior y tiene la sensación de que ya no puede poner los pies en tierra firme; ese querido elemento sólido e inmóvil que parece que ya no existe.

A bordo se mezclan los olores del caldo y de las salchichas. Los pasajeros van y vienen por el pasillo con su taza o su bol con fideos. Van a servirse agua caliente para el té, disponible en un samovar, el típico recipiente ruso con calentador y grifo. Todo el mundo está ocupado tejiendo, bordando, leyendo, haciendo crucigramas, charlando, dormitando... Los jugadores de cartas empedernidos maldicen como marineros. Y todos comen *siematchkis*, pipas de girasol tostadas, uno de los aperitivos preferidos de los rusos.

Los viajeros están desorientados. La gente come a cualquier hora, de noche o de día.

Babushka, que tiene un apetito insaciable, pone regularmente la mesa. Despliega su pequeño mantel de cuadros, sobre el que coloca de manera anárquica pepinillos, galletas para el té, que los rusos adoran y que

ella llama *pietchieniyé*, un salero y salchichas *kalbassa*.
Luego insiste a sus protegidas para que se sirvan y no
acepta un no por respuesta.

—¡Estáis muy delgadas, pobrecitas mías, tenéis que
comer!

Y las jóvenes comen. Porque les da pereza embarcarse en una batalla perdida de antemano y también
para distraerse.

Lo más desestabilizador es ver los relojes de las estaciones a lo largo del recorrido. Siempre marcan la
hora de Moscú.

Día tras día, el viaje se asemeja a un interminable
juego de saltar el burro por los husos horarios. Al principio, las chicas se despertaban de manera natural,
¡pero al tercer día ya no entendían nada! ¡Apenas se
acababan de despertar y al cabo de dos horas ya era de
noche!

Cada vez que se despiertan, las dos amigas van al
baño para asearse. Hay cola en el pasillo, así que esperan; de todos modos, no tienen nada más que hacer.
Las mujeres rusas que son organizadas han traído unas
toallitas perfumadas muy prácticas. Las dos jóvenes no
tienen, pero siempre pueden lavarse en el baño con
agua fría. Solo la higiene básica. Habrá que olvidarse
de peinarse por un tiempo.

—Los ferrocarriles rusos son como de la Edad Media en comparación con los trenes chinos —afirma
XiaoLi—. No esperaba que la diferencia de desarrollo

entre ambos fuera tan grande. Tengo la sensación de estar en un país sumido en una crisis profunda, mientras que China se moderniza a una velocidad increíble.

—Quizá demasiado rápido, de hecho —replica Bolormaa—. A mí me gustan los vagones rusos, están anticuados, pero son mucho más acogedores, con esas cortinitas rosas.

Sin embargo, lo que más le gusta es la *prodvonista*, la azafata de su compartimento, enfundada en su uniforme.

—Nos cuida como una gallina a sus polluelos —dice.

—Tienes razón, es agradable poder pedirle agua hirviendo de su samovar a la hora del té.

—De hecho, aquí siempre es la hora del té; hay tanto tiempo que matar... —suspira Bolormaa bostezando de aburrimiento.

Hay una azafata por vagón, vestidas con un traje de la Kriegsmarine, y todas se parecen; las mismas redondeces comprimidas, el mismo gorro fijado sobre un riguroso moño. Además de la preciada agua caliente, la *prodvonista* distribuye las sábanas para la noche, vigila en las estaciones de tren, recoge los documentos y pasaportes en las fronteras, se encarga de la limpieza, barre la arena, vacía las papeleras y cierra los baños en cada parada.

Hay algo de épico en esa travesía desde Asia hasta Europa, de la capital del Reino del Medio a la de la gran Rusia.

Tras otra interminable parada en la frontera rusa, el tren llega a la estación de Ulán Udé. Aquí es donde el Transmongoliano se une a la línea del Transiberiano, que viene de Vladivostok, y se fusiona con ella.

También es la ciudad de Babushka, que ha llegado a su destino.

Se envuelve en su hermoso chal bajo la mirada triste de sus compañeras de viaje y se enfunda su *chapka*, el sombrero tradicional de piel que le cubre las orejas y la nuca, hasta la altura de los ojos antes de despedirse. La *baba* abraza a las dos chicas con efusividad, al estilo ruso, sin tener en cuenta sus costumbres chinas. Es un abrazo suave y cálido. Ellas se acurrucan, se hacen un ovillo entre sus brazos. Pasan unos instantes así. Una lágrima se desliza por sus mejillas rollizas y desemboca en la floreada lana. «Parece uno de esos iconos ortodoxos de cara triste», piensa XiaoLi.

—Cuidaos mucho, mis pequeñas, y estad alerta —les aconseja, maternal y preocupada por verse obligada a abandonar a merced de todos los peligros de la vida a esas dos jóvenes embarcadas en tan largo viaje.

Las dos amigas la miran mientras se aleja balanceándose por el andén y le dedican un último gesto de afecto desde la ventanilla, con un nudo en la garganta a causa de la emoción.

—Las nubes no desaparecen, se convierten en lluvia —murmura XiaoLi.

—Qué pena —se lamenta Bolormaa—. Era mucho más que una compañía, era nuestra abuela de viaje...

Algunas parejas engalanadas y perfumadas, así como una familia bonita y pulcra, con niños rubios que huelen a jabón, suben al tren con destino al lago Baikal. Seguramente quieren hacer una agradable escapada de fin de semana. De repente se ven inmersos en ese vagón con sesenta personas encerradas en un espacio reducido y que no se han duchado en tres días. ¡Eso huele que alimenta! Las miradas de soslayo que les dirigen a los ocupantes están cargadas de reproches. Para colmo, el vodka circula en secreto junto con el pescado ahumado, y toda esa muchedumbre descansa y dormita con los pies hacia el pasillo. Los niños rubios se tapan la nariz y los adultos peripuestos lanzan miradas asesinas. Los jugadores de cartas, que se sienten como en casa, se ríen de su aspecto desdeñoso.

—¡Sí, apestamos! —grita uno de ellos—. Y nos reímos fuerte... ¡pero, oh, es que es nuestro tren!

Dos chicos, que parecen estudiantes de vacaciones, suben al tren y se instalan en el compartimento de las dos amigas, en el lugar de Babushka, todavía caliente por su presencia. Un silencio incómodo ha sustituido a las canciones. Todo el mundo se mira de reojo.

Tras unas horas de trayecto monótono, Bolormaa distingue a lo lejos una línea azulada y blanca que despierta su curiosidad. Le da un golpe con el codo a XiaoLi y le señala el horizonte. El convoy se acerca a una inmensa extensión de agua rodeada de taiga frondosa y rebosante de vida salvaje. Un espejo infinito, circundado por bosques de coníferas que ondulan a lo largo de las colinas, fascina a los pasajeros, que están extasiados. XiaoLi recuerda entonces las recomendaciones de Babushka y las descripciones entusiastas y patrióticas que les había hecho.

—¡La «Perla de Siberia»! —exclama, maravillada.

El tren avanza a lo largo del lago Baikal y el sol dibuja una estela de transparencia esmeralda en su superficie pura. La parte del lago que bordea el ferrocarril ya está cubierta por una fina capa de hielo que brilla como los diamantes.

—Babushka tenía razón —murmura Bolormaa, cautivada.

Su reputación es bien merecida. El lago Baikal es de una inmensidad magnífica, una recompensa para los ojos tras la interminable travesía desde Pekín.

—Es como cuando llegas a la orilla del mar —dice la joven china—, que solo quieres una cosa: bañarte.

—Yo nunca he visto el mar —responde Bolormaa.

—¡Lo descubrirás en Italia! Ese país tiene forma de bota y está rodeado de mar.

—Italia —suspira—. ¿Llegaremos algún día?

—A la larga, las gotas de agua acaban perforando la piedra.

7

Etiquetas

Los cardos desgarran el terciopelo
su suavidad en peligro, donde cuervos vuelan
y ominosos como un pesado velo
con un ala negra sus gritos sellan.

Detrás del mostrador de la tienda, Giulia confecciona las etiquetas de los precios. Es lo que más le gusta hacer por la mañana, cuando la tienda está tranquila. Saca el material, tijeras, pinceles y plantillas, y lo extiende en una esquina de la mesa. Se esmera en reproducir una decoración mongola en los bordes de los pequeños rectángulos de cartulina que ha recortado. Coloca con delicadeza la plantilla sobre la cartulina, sumerge el pincel duro en la pintura y da golpecitos en las partes vacías para crear un friso de complejos entrelazados. A continuación retira el patrón con destreza y revela el resultado. Por mucho que repita ese procedimiento una y otra vez, cada vez se sorprende entusiasmada al descubrir en la tarjeta esas líneas sinuosas parecidas a las que adornan las yurtas. Le encantan esas pequeñas obras creativas. En el fondo sigue siendo una niña y, para justificarse ante las irónicas burlas de Alessandra, asegura que el refinamiento está en los detalles.

Esta mañana ha acabado de decorar la pila de tarjetas, ahora solo le queda añadir las cifras con su mejor caligrafía.

De pronto levanta la vista y le llama la atención una mujer elegante en la calle que se ha detenido en seco frente al escaparate. Parece que algo del expositor la ha cautivado, retrocede y luego se acerca hasta pegar la nariz y las manos en el vidrio.

Mientras observa la maniobra, Giulia suspira y piensa: «Me va a ensuciar el cristal».

Giulia no tiene ninguna duda de lo que está mirando. Cada semana vienen varias clientas como ella. Tendrá que explicarlo otra vez. Verdaderamente, Alessandra tuvo una gran idea al poner ese suéter rojo en el escaparate. Por supuesto, atrae a la clientela, pero qué cansado resulta repetir siempre lo mismo. Esa prenda de lana es la única que no está etiquetada y, sin embargo, no paran de preguntarle por el precio. Desde que el suéter de cachemir ha aparecido en su vida,

Giulia tiene la sensación de haberse convertido en un loro.

Así que no le sorprende ver como la mujer empuja la puerta de la tienda y se dirige a ella con una exaltación que apenas logra contener.

—Buenos días, señorita, quisiera esa prenda de cachemir rojo que hay en el escaparate.

—Lo siento, no está a la venta, como puede ver no tiene etiqueta.

La mujer parece desamparada. Se queda unos instantes inmóvil, y luego insiste:

—Pero es exactamente lo que estaba buscando, estoy segura de que es mi talla.

—Como le he dicho, no está a la venta, forma parte de la decoración del escaparate.

—Por favor, aceptaré el precio que me diga, no importa cuál sea, estoy dispuesta a pagar lo que haga falta.

—Pero, señora, no es una cuestión de dinero —responde Giulia, que empieza a perder la paciencia.

—¿Y cuál es el problema, entonces? —insiste la mujer, cada vez más nerviosa, como si toda su existencia pendiera de un hilo, concretamente rojo.

—Mi compañera lo ha traído de Mongolia Interior para que destaquen las demás prendas. Es una estrategia visual, un punto de referencia para el ojo del transeúnte, un contraste para subrayar la naturalidad de nuestras prendas de punto.

—¡Véndamelo! —reclama la mujer agarrándole las manos a Giulia.

Con ese gesto repentino tira las etiquetas del mostrador. Las pilas de cartulinas se derrumban en cascada y se mezclan las que tenían precio con las que estaban en blanco. Giulia no da crédito a lo que ven sus ojos; todo el trabajo que ha hecho con tanta paciencia es ahora una lluvia de copos de nieve esparcidos por el suelo.

—Escoja otro —contesta retirando las manos, exasperada.

Su mirada oscila entre el suelo moteado de blanco y la cara de su clienta, que se muerde el labio inferior. De repente gira sobre sus talones sin mediar palabra en dirección a la salida, pisa las tarjetas y se va cerrando la puerta de golpe, dejando tras de sí un tintineo de campanillas. Le lanza una mirada de odio a Giulia a través del cristal antes de alejarse, resignada.

—¡Alessandraaa! —grita Giulia hacia la trastienda—. ¡Ven aquí ahora mismo!

Alessandra aparece en el marco de la puerta ondeando su cabellera pelirroja.

—¿Qué pasa? —dice bajando la mirada en dirección al parqué constelado.

—¡No puede ser! Hay tantas mujeres queriendo comprar el suéter de cachemir rojo... ¡No puedo más! Esta casi me provoca una crisis nerviosa, y probablemente no vuelva a poner un pie aquí. Si las miradas matasen, ahora mismo habría sido ejecutada sobre tu precioso suelo, y tendrías un charco de sangre a juego con tu suéter. Estarías contenta, quedaría una bonita paleta de tonos.

Alessandra estalla en una carcajada.

—A la próxima que me haga algo así, le vendo el maldito suéter. ¡Y adiós, muy buenas! —gruñe mientras se agacha para recoger las tarjetas.

—No, no lo vendas nunca, significa mucho para mí —dice Alessandra, que se ha puesto seria de pronto al pensar en la joven mongola que lo hizo—. Venga —añade—, no te involucres tanto emocionalmente, es solo una estrategia de venta. Esa mujer se calmará enseguida y se dará cuenta del disparate que ha cometido, pero nuestra tienda quedará grabada en su memoria y ya verás que pronto volverá.

Como siempre, Giulia cede ante los argumentos de su amiga. Siempre ha sido así, desde la infancia. Está acostumbrada. Sus roles hace tiempo que quedaron definidos: Alessandra, la luchadora, y Giulia, la sensible. En el fondo, le conviene que Alessandra tome todas las decisiones importantes. Ella no se siente capaz de hacerlo, es demasiado indecisa, demasiado miedosa. Ponerse en manos de Alessandra le resulta muy cómodo. Su amiga la protege de cualquier problema que pueda surgir; de hecho, ella prefiere vivir en la ignorancia.

Sin embargo, últimamente, Alessandra tiene muchas preocupaciones.

A pesar de que la clientela sigue acudiendo a su tienda, debe lidiar con el aumento de precio del cachemir, que no para de subir mientras que la producción es cada vez más escasa. El mercado chino arrambla con casi todo el comercio de la lana, y hay que luchar para conseguir una pequeña parte. Alessandra le da vueltas al problema en su cabeza una y otra vez, en busca de una solución satisfactoria. Perdida en sus pensamientos, detiene la mirada en el suéter rojo. Si tuviera más… la gente arrasaría. Piensa en Bolormaa, tan talentosa, que se quedó allí. Se arrepiente de no haber anotado sus datos para poder encontrarla. Se limitó a darle su tarjeta de burguesa, como si la cándida campesina tuviese la menor posibilidad de ponerse en contacto con ella.

¿Dónde estará ahora? ¿En qué sórdido taller se encontrará encerrada?

Alessandra siente una oleada de culpabilidad al imaginar su arte desperdiciado en tareas absurdas y repetitivas, ese virtuosismo sacrificado en el altar de la economía globalizada.

Para calmar sus remordimientos, se promete a sí misma que en el próximo viaje tratará de encontrarla, pero ya intuye que será en vano; como buscar una aguja en un pajar, una flor silvestre en la inmensidad de la estepa.

8

Abedul

La estepa borrada bajo la arena,
con ella mis recuerdos desgranados.
Mis ojos ven solo una negra escena,
de su suave luz han sido privados.

Desde que Bolormaa y XiaoLi han dejado atrás el lago
Baikal y la estación de Irkutsk, donde bajaron las parejas y la familia de veraneantes, abandonándolas en
su maloliente vagón, el paisaje es muy parecido. Abe-
dules hasta donde alcanza la vista y un puñado de casas de madera tradicionales, allí llamadas *isbas*, que
parecen salidas de un cuento. No hay nada que hacer
excepto disfrutar de la dulzura de dejarse llevar al ritmo del tren. Los árboles dorados y otoñales desfilan a
través de las ventanas. El bosque está salpicado de tur-

beras y pantanos que reflejan el cielo de mercurio, mientras que la estepa siberiana está cubierta de prados peinados por la ventisca. De vez en cuando, Bolormaa y XiaoLi atisban renos, que buscan vegetación bajo las primeras heladas, y zorros árticos, que huyen cuando se acerca el convoy. La taiga también alberga osos pardos y lobos, pero estos no se aventuran cerca de la vía. Solo las numerosas especies de aves surcan los cielos en forma de nubes ondulantes.

Los alimentos que compraron en Pekín antes de subir a bordo ya no son más que un recuerdo. Tienen que aprovechar alguna de las paradas en las estaciones para reabastecerse. Cada vez que se detienen, el escenario es el mismo; apenas para el tren, una agitación canibalística arroja a los pasajeros al andén. Empieza el *ballet* de los vendedores ambulantes, que desfilan en procesión. Las mujeres levantan las tapas de sus soperas: *borsch* y potaje de col. Otros ofrecen buñuelos, salchichón, fideos deshidratados, bebidas... Un auténtico mercado que se va desplazando de etapa en etapa. En cada estación, un enjambre de niños se agolpa en las puertas, tamborilea en las ventanas con la esperanza de recibir algunos rublos.

Las dos amigas dosifican sus ahorros. Como la cantidad de dinero va disminuyendo, la mayoría de las veces se conforman con sopas liofilizadas y té, que preparan con agua caliente gratuita del samovar. A veces, cuando el tren vuelve a ponerse en marcha, los rezagados corren por las vías masticando comida y saltan al estribo, con la boca llena, animados por los gritos de sus compañeros de compartimento.

Fuera, los paisajes son magníficos, cubiertos de bosques y de grandes extensiones de praderas donde vacadas y manadas de caballos pastan en semilibertad. Luego la taiga se espesa y, de pronto, se transforma en estepa.

Al inicio del viaje, Bolormaa, apoyada en la ventanilla, no quería perderse ni un kilómetro, ni la más mínima parcela del paisaje; al cabo de unos días, ya ni siquiera es consciente de que está en un tren y que el horizonte se mueve.

En el vagón hay una temperatura cálida y agradable, en cambio, cuando bajan al andén, un viento glacial las azota. El termómetro marca alrededor de –5 °C. Hay que extremar la precaución y taparse, porque un resfriado sería dramático.

Sus vecinos de litera aparentan su misma edad. Son amables, pero solo hablan ruso. Hace ya un día que están sentados los unos frente a los otros y, aunque no se han dirigido la palabra, ahora ya tienen la sensación de ser conocidos, cómplices de la misma aventura. Uno de ellos se arriesga por fin a romper el silencio.

—En Siberia, el invierno dura doce meses, el resto, es verano —dice, divertido al verlas arroparse.

Las dos chicas hacen gestos para indicar que no le entienden.

—Es una lástima que Babushka ya no esté aquí —se lamenta XiaoLi, que hubiese entablado conversación encantada.

—Me llamo Boris —dice el chico señalándose a sí mismo—. Y él, Igor.

—XiaoLi —responde la joven china—. Y ella es Bolormaa.

Los chicos tienen ganas de hacer amigos, pero Bolormaa es cautelosa y prefiere mantener las distancias. Le gustaría que su compañera hiciera lo mismo, pero XiaoLi es menos arisca. Les ofrecen una cerveza, que Bolormaa rechaza, y pescado seco, unos pescaditos secos muy pequeños. XiaoLi, que está hambrienta y harta de sopas y té, acepta, pero ¿cómo se come eso? ¿Por dónde se empieza y cómo se pela?

Los chicos no pueden contener la risa ante su expresión desconcertada. Boris toma cartas en el asunto y les da una lección de pelado. Bolormaa se ve obligada a probarlo, a pesar de que no le apetece. Está crujiente y salado, hace una mueca; XiaoLi, en cambio, acepta otro.

—Son proteínas —le dice—. Deberías comértelo.

La ventanilla enmarca prados de hierba rojiza. Las manadas de caballos con largas crines pastan a lo largo de las vías.

Los chicos cuentan historias que solo ellos entienden y las acompañan con ingentes cantidades de cerveza. Los tonos de voz se vuelven agudos. La joven china ingiere todo lo que le ofrecen bajo la mirada preocupada de Bolormaa. El sabor amargo de la bebida ambarina contrarresta el del sempiterno té, y las burbujas lupuladas que se le suben a la cabeza quizá la ayuden a olvidarse de los baches de la vía y a conciliar el sueño. Flota en una sensación agradable. Boris le habla al oído e intenta besarle el cuello, pero Bolormaa, vigilante, lo fulmina con la mirada; está deseando que la *prodvonista* anuncie el toque de queda. Por fin, la velada se termina con grandes carcajadas y mucha mímica, y todo el mundo regresa a su litera. Las chicas han elegido las de arriba para poder dormir más tiempo sin molestar a los demás pasajeros. Tienen la suerte de estar en medio del vagón, porque así no oyen las puertas abriéndose y cerrándose, pero sobre todo porque así están lejos del olor de los baños.

Igor empieza a roncar enseguida. Boris, en cambio, todavía bajo el efecto de la cerveza, intenta acercarse a la joven china. Ella ya duerme, vencida por el alcohol. Bolormaa lo aparta enérgicamente con el pie.

—¡Déjala, está durmiendo!

Él insiste, se agarra, intenta subir a la litera de arriba mientras Bolormaa lo golpea para que se suelte. Le grita que pare, y la *prodvonista*, alertada por el revuelo, abre la puerta con un gesto brusco y observa a Boris desafiante, con una mirada que no tolera desobediencia alguna. Avergonzado, obedece a esa mujer de armas tomar y vuelve a su litera sin rechistar. Bolormaa suspira aliviada mientras que XiaoLi, que no se ha enterado de nada, duerme como un tronco.

—Buenas noches —balbucea Boris, sin rencor—. Mañana por la tarde llegaremos a Moscú.

Bolormaa está alerta al menor ruido sospechoso. Se da cuenta de que tiembla de pies a cabeza. Ese incidente que la *prodvonista* ha frenado en seco reaviva en ella una sensación de malestar, miedo en el estómago, reminiscencia del horrible señor Shao, que le ha dejado una herida psicológica que amenaza con reabrirse al menor enganche. Aguanta despierta tanto como puede, pero finalmente cede al sueño, acurrucada protegiendo los pocos billetes que aún conserva sepultados bajo la ropa.

«¿Cómo viajar miles de kilómetros cuando casi no te queda dinero?», se pregunta Bolormaa angustiada nada más pisar el apeadero de Yaroslavl, una de las estaciones principales de la capital rusa y fin del trayecto del Transiberiano.

Un tren de Moscú a Prato es impensable. Su visado no les permite ir más lejos. Viajar de manera clandestina en tren es inconcebible. Enseguida las detendrían los revisores, los aduaneros, la policía de fronteras y, en cualquier caso, no tienen dinero suficiente para comprar un billete, deben de costar una fortuna.

—Tenemos que ir a la dirección que me dieron —dice XiaoLi, siempre dispuesta a tomar las riendas de la situación.

—Se ve que se necesitan al menos mil dólares para que un cabeza de dragón te lleve a un país de la Unión Europea.

—Si el pasador me ha dado una dirección, es que es posible, ¡y qué importa si al llegar a Italia tenemos que trabajar duro para pagar la deuda! Es lo que hicieron los cientos de migrantes de Wenzhou que fueron hasta allí. Después, por fin seremos libres.

—Bueno, salgamos de la estación y busquemos la dirección —dice Bolormaa, cogiendo el papel arrugado en un vano intento de descifrarlo.

Tienen que salir de la estación de Yaroslavl, que está en la plaza del Komsomol, tradicionalmente conocida como la plaza de las tres estaciones, porque también se encuentran allí las estaciones de Leningrado y Kazán. Bolormaa se siente completamente desorientada ante esa exuberante obra del *art nouveau* moscovita con sus tejados verdes escalonados.

En Moscú, basta con salir de la estación para toparse con todo tipo de turbias redes clandestinas. Trabajo no declarado, drogas, prostitución, todo es negociable. En el plazo de un año, la policía ha descubierto tres intentos de venta de niños a una red de traficantes. Parece que todos los desechos humanos del planeta han ido a parar a ese lugar.

—Pidamos ayuda —murmura Bolormaa, consternada ante el enigma de caracteres cirílicos.

Las dos amigas, no precisamente tranquilas, observan a los hombres y mujeres de cara patibularia que hay en una esquina. Ven a una rubia con aspecto cansado que golpea la acera con el zapato y le muestran la nota arrugada. La chica hace un gesto hacia la calle principal.

—¿Está lejos? —pregunta Bolormaa haciendo un gesto con la mano.

—Diez minutos —responde la joven extendiendo los diez dedos delante de ella.

Empiezan a caminar en la dirección indicada. Hace frío. XiaoLi se sube la cremallera de su chaqueta de plumón, pero el problema principal son las zapatillas rosas, que le entumecen los pies. Las suelas son demasiado finas para esas aceras heladas. Bolormaa tiene más suerte con sus botas de cuero de yak recubiertas de un grueso fieltro aislante. Se presentan heladas en el patio trasero de una fábrica abandonada. Un hombre chino se dirige a ellas:

—¡Vosotras! —grita—. Estáis buscando una manera discreta de ir a Italia, ¿verdad?

Ambas asienten y él les dice que, al día siguiente, un pasador organizará una expedición para llegar hasta allí.

—Treinta y cinco horas de viaje en un camión. Os aconsejo que durmáis aquí para llegar temprano a la hora de quedada, porque puede que no haya sitio para todos —les recomienda—. Buscaos un sitio por aquí en esta nave.

Entran en el edificio sin mediar palabra y se instalan en el suelo, lejos de los afganos, los iraníes, los indios y los chinos, todos los parias de la tierra. Las ventanas, rotas y tapadas con cartones, dejan pasar corrientes de aire. Se aprietan la una contra la otra, acurrucadas en posición fetal para tranquilizarse y protegerse del frío. Han ido a parar allí como dos gorriones perdidos en el corazón del invierno.

Bolormaa, hecha un ovillo en su *khantaaz* forrado, no logra conciliar el sueño. ¡Y eso que está acostumbrada al frío! En su tierra, la nieve y el hielo lucen centelleantes sobre las orgullosas montañas. Extraña las noches al abrigo del fuego, que su padre, Batbayr, encendía en la yurta con la ayuda del estiércol de yak; el estofado de su madre, que se cocía a fuego lento en el caldero suspendido sobre las llamas. Su estómago vacío se queja con punzadas y calambres, y ella hace todo lo posible por ahuyentar sus tormentos. Piensa en Italia y se pregunta cómo encontrará a la mujer de la tarjeta que reposa en el fondo de su bolsillo. Está flotando en lo desconocido y no se puede imaginar lo que le deparará el mañana. Un enorme signo de interrogación le bloquea el futuro. Sin embargo, ya sabe que no solicitará la nacionalidad italiana al llegar. Lo único que quiere es un trabajo que le permita vivir y, por qué no soñar, volver a su tierra algún día. Su objetivo no es convertirse en europea. Para eso tendría que integrarse y le parece imposible coger la mentalidad occidental... ¡Como quien coge una enfermedad! Le resulta más difícil imaginárselo que escalar la montaña más alta de Mongolia. Cuando su pueblo luchó junto a Gengis Kan para conquistar territorios, fue de igual a igual, con valentía, con sables, cuerpo a cuerpo, y no con bombas de racimo, napalm, armas químicas y misiles con cabezas nucleares. ¡La tierra es la madre de todos los seres vivos! Los europeos son muy extraños.

Sus hermanos le explicaban con una voz cargada de desprecio que a los países occidentales les encanta la guerra siempre y cuando tenga lugar lejos de su casa. Lo hacen por aburrimiento o por dinero, y están llenos de contradicciones. Son capaces de cualquier cosa para salvar a uno de los suyos en peligro, capaces de buscar sin descanso la cura de enfermedades durante décadas, pero, al mismo tiempo, matan sin escrúpulos mientras hablan de derechos humanos. Tienen la doctrina en la boca, pero no en el corazón.

¿Era verdad lo que decían sus hermanos de que codician riquezas que no les pertenecen con un pretexto humanitario? ¿Que envían embajadores y diplomáticos, pero siempre terminan atacando a los países que no comulgan con sus teorías? «Desconfiemos de ellos, porque quieren imponer su sacrosanta democracia por la fuerza a poblaciones que no tienen ninguna noción al respecto», declaraban. Esa democracia occidental nunca ha existido en las tradiciones de los pueblos de Oriente. ¿Y ellos mismos, que se llenan la boca con esa palabra, la aplican en sus propios países? ¿Son todos iguales y libres? ¿No hay nadie al que hayan dejado de lado? ¿Ningún indigente? Bolormaa piensa en todas esas cosas que ha oído durante las veladas. Una intensa oleada de nostalgia por su tierra le inunda el corazón.

Observa la silueta de XiaoLi en la oscuridad, bajo la luz de los neones que se filtra entre los cartones pegados a las ventanas. Sus pestañas rizadas sobre esos ojos almendrados dejan escapar sueños de otros lugares. Reposa plácidamente en la inconsciencia de esas horas de descanso, serena, con una sonrisa en los labios. Bolormaa, desde su insomnio, la envidia.

La amistad crece con el tiempo, como un árbol. Las raíces se vuelven fuertes y le permiten ser enorme y vigorosa. Hasta una hoja de papel es más ligera cuando se lleva entre dos personas.

Bolormaa piensa que esa chica es ahora lo más preciado que tiene. Es su amiga, su hermana de infortunios, su familia, su compañera de días mejores que están por venir.

Lo es todo.

9

Asfalto

Un manto oscuro sobre mi prisión,
mi camino huye, en la lontananza.
En el futuro solo hay dilación
y recojo a puñados la esperanza.

Es un amanecer pálido y húmedo, y Bolormaa y Xiao-Li esperan, heladas, a que llegue el camión. Una fría y acerba lluvia cae sobre Moscú, glacial, mezclada con nieve, y se filtra a través de la ropa.

Son unas treinta personas, mujeres y hombres, todos reunidos en el patio de la fábrica abandonada. La mayoría son chinos y todos ellos, temblando, se observan los unos a los otros por el rabillo del ojo, preguntándose si habrá sitio para todo el mundo. Aunque ha sido una noche difícil y están cansados, un destello de esperanza brilla en el fondo de sus miradas.

—Treinta y cinco horas —murmura XiaoLi al oído de su amiga para animarla—. En treinta y cinco horas estaremos en Italia.

Un camión verde, sucio y tambaleante entra en el patio haciendo chirriar los frenos con gran estrépito.

—Por lo menos puede reducir la velocidad y parar, algo es algo —suspira Bolormaa, preocupada por el aspecto vetusto del vehículo pesado y la longitud del trayecto que tienen por delante.

Dos cabezas de dragón y un hombre ucraniano saltan al suelo.

Hacen una ronda de inspección general, escrutando los candidatos para el viaje. Bolormaa tiene la desagradable sensación de ser un yak en un mercado de ganado.

—¿Todo el mundo ha vaciado sus intestinos? —grita uno de ellos—. ¡No pararemos hasta Polonia!

Se oyen murmullos afirmativos.

El hombre chino pasa entre ellos para cobrarles el precio del viaje. Su compañero apunta en un cuaderno mugriento la cantidad recaudada con un trozo de lápiz roído. También apunta el nombre de los que no pueden pagar la totalidad del importe y les confisca los pasaportes. Ninguno de los migrantes se atreve a quejarse. No hay alternativa, o lo toman o lo dejan.

Bolormaa junta los pocos billetes que les quedan, muy pocos, y se los entrega a regañadientes.

—En Italia trabajaréis en el taller hasta que lo hayáis devuelto todo —dice el hombre embolsándose los billetes arrugados.

—Bajo el cielo todos los cuervos son negros —susurra XiaoLi al oído de su amiga.

Los cabezas de dragón se alejan de los candidatos para arreglar sus cuentas de mafiosos y pagar un adelanto al conductor ucraniano, que recibirá la cantidad restante una vez haya entregado la «mercancía».

El hombre chino vuelve a acercarse al grupo y pregunta:

—¿Alguien de aquí habla ruso?

Un joven kazajo da un paso al frente y levanta la mano. Debe de tener apenas trece o catorce años y va acompañado de otro chico de su edad que no se ha inmutado.

—Bien, harás la traducción para los demás.

—Yo dungano, hui, no mucho chino —chapurrea en ese dialecto del mandarín que hablan en Asia Central y se escribe en alfabeto cirílico.

—¡Bastará! ¡Ahora, subid! —suelta mientras reparte una botella de agua a cada pasajero.

Los polizones se amontonan en la parte trasera del camión y se acomodan como pueden, preparándose para un éxodo interminable.

—¡Pasad hasta el fondo!

El ucraniano coge unos palés cargados con cajas llenas de alimentos y, con la ayuda de una carretilla elevadora, los apila delante de los pasajeros. Pronto se encuentran detrás de un muro que ocupa todo el espacio restante y los oculta de la vista de posibles controladores. Atrapada entre sus compañeros de infortunio, Bolormaa se obliga a respirar con parsimonia y a dejar la mente en blanco para controlar el pánico que se apodera de ella. Algunos empiezan a revolverse como el ganado cuando lo llevan al matadero, temerosos de asfixiarse, pero un atronador «¡a callar!» les impone silencio.

—¡El que haga ruido se va fuera de inmediato! —grita una voz—. Está terminantemente prohibido gritar o golpear las paredes. ¡Pase lo que pase! Vamos a cruzar fronteras y peajes, y no quiero oír nada. Si la policía os encuentra, os enviarán a casa, de vuelta a la casilla de salida, ¡y a mí, a la cárcel! Así que apretaos hasta el fondo y, con suerte, en treinta y cinco horas estaréis en Italia.

Ya nadie se atreve a protestar por miedo a que lo dejen tirado, y esa prisión con ruedas, traqueteante y sofocante, emprende un camino terriblemente largo de dos mil setecientos cincuenta y cuatro kilómetros.

El camionero conduce sin intentar evitar los baches llenos de agua de la lluvia. Al contrario, los polizones incluso tienen la sensación de que pasa por ahí a propósito para levantar olas de agua que golpean la lona.

Durante las primeras horas, nadie habla. Todos permanecen postrados en el fondo de la jaula ambulante.

Algunos dormitan, entumecidos por el frío que reina en el camión a pesar del hacinamiento de ese rebaño humano. Aunque tienen la boca seca, evitan beber más de un trago de golpe, preocupados por tener que vaciar la vejiga.

—¿Crees que pararemos de vez en cuando para estirar un poco las piernas? —pregunta Bolormaa, preocupada.

—¡Estás soñando si crees que el ucraniano desmontará su muro de palés para que te pasees por el campo...!

Bolormaa suspira, resignada. Tiene la sensación de que lleva una eternidad viajando y que ya nunca parará.

—A veces la más corta vida contiene siglos de dolor —murmura entre dientes.

—No te preocupes, una vez cicatrizada la herida, olvidamos el dolor —la consuela XiaoLi, siempre reconfortante y optimista.

Al cabo de un rato, de duración indefinida, pues han perdido la noción del tiempo, empiezan a notar calambres en el estómago. El joven kazajo toma la iniciativa de rasgar una de las cajas de su fortaleza. Un montón de bolsitas caen sobre ellos y todos se apresuran a comer.

—*Soukharis* —dice—. ¡Antes en Kazajistán... soviéticos!

—¿Qué es? —pregunta XiaoLi, desconfiada.

—Picatostes de harina... centeno. Para sopa. También aperitivo o en ensalada.

Al cabo de unos instantes, solo se oyen mandíbulas crujiendo. Así engañan al hambre, se distraen y matan el tiempo.

Mala idea, porque esos trocitos de pan negro son muy salados. Luego todos tienen una sed que les obliga a beber más de lo que deberían. Y acaba pasando lo que tenía que pasar.

—No aguanto más —se queja Bolormaa.

Los chicos ya han tomado la decisión de orinar en su botella vacía, pero las chicas están aguantando todo lo que pueden, hasta el punto de sentir dolor. Acaban admitiendo que no podrán continuar así, de manera que, por un acuerdo mutuo y lleno de dignidad, los chicos miran hacia otro lado mientras ellas orinan por turnos en un rincón del camión, lo que añade un desagradable olor a la lista de incomodidades.

Según los cálculos de quienes todavía no están sumidos en la confusión absoluta, llevan casi catorce horas en la carretera y han cruzado el territorio bielorruso sin problemas. Si bien ya se han iniciado las conversaciones entre los ministros de Asuntos Exteriores de ambos países para coordinar las políticas migratorias y protegerse contra una afluencia masiva de inmigrantes clandestinos, la separación limítrofe todavía no se ha materializado. Pasadores y migrantes entran como si de un colador se tratara. La aduana polaca ya no debe de quedar lejos, de hecho, el camión frena soltando un sonido de descompresión y se detiene. Todos contienen la respiración. En silencio aguzan el oído y oyen una conversación. Aliviados, notan como el camión se vuelve a poner en marcha hacia una nueva frontera.

Duermen como pueden, unos encima de otros, envueltos en olores corporales nauseabundos, y ya no saben si es de día o de noche.

El camión se vuelve a detener. El conductor ha apagado el motor. Empieza a sacar algunos palés. El aire helado se cuela con fuerza entre los pasajeros, que de inmediato comienzan a aspirarlo ávidamente antes de que una linterna los ciegue.

—¡Bajad!

—¿Qué pasa? Pero si no hemos llegado, es imposible, es demasiado pronto... —pregunta Bolormaa, inquieta.

Aunque no tiene reloj, su instinto le dice que todavía queda mucho camino por recorrer.

Se enderezan como pueden, con todos los músculos doloridos, y saltan al asfalto de un aparcamiento. Echan un vistazo a su alrededor y constatan que no hay policías; «algo es algo», se dicen para sus adentros, ahora tranquilos.

El ucraniano llama al joven kazajo.

—Tenéis que continuar solos —dice—. Austria ha reforzado los controles, no podremos pasar.

El chico lo explica lo mejor que puede con un vocabulario aproximado.

—Tenéis que coger ese camino —continúa el ucraniano, señalando un sendero de tierra entre los árboles—, subir la montaña, donde no hay aduaneros, y cruzar la frontera a pie. Os espero esta noche en el aparcamiento del otro lado. ¿Tenéis hora? —pregunta.

El chico gesticula más que traduce, y algunos extienden los brazos adornados con relojes de lujo falsos.

—Bien. Son exactamente las siete. Estad allí a las diecinueve horas. Ya estará oscuro, será más seguro. Tenéis tiempo, pero os lo advierto, el que no esté allí se quedará tirado. ¡Así que espabilad! ¡Y procurad que no os cojan! ¡Go!

Bolormaa, XiaoLi y sus compañeros de ruta se adentran en el bosque, siguiendo el camino escarpado que les ha indicado el pasador. Al principio pisan la abundante hierba con la satisfacción de estar al aire libre tras el confinamiento de los últimos días. Al salir del bosque, los pastos alpinos se extienden hasta la ladera de la montaña y el viento frío los azota la cara. El día ha amanecido, y ante sus curiosas miradas les revela el verde luminoso de las praderas empapadas por la lluvia. Sus suelas se hunden en la tierra encharcada, dejando huellas tras de sí. Están asombrados ante esa naturaleza fértil donde pastan los últimos rebaños de vacas rojas que aún no han regresado a sus establos. Pacen la hierba espesa de finales de otoño, haciendo tintinear las campanillas de bronce que les cuelgan del cuello. Todos proceden de tierras áridas y polvorientas, y ese contraste verde es una rareza para ellos. Bolormaa piensa en su estepa en flor bajo el sempiterno cielo azul, un azul intenso, incomparable. Un sentimiento de nostalgia hace que se le encoja el corazón.

El camino se ha vuelto empinado y la comitiva ralentiza el paso. Están exhaustos y hambrientos. ¿Cómo conseguirán cruzar la frontera con el estómago vacío?

XiaoLi se tambalea, débil, y las piernas le flaquean. El problema es que no solo tiene que caminar, sino que a cada paso que da, la zapatilla rosa se le hunde en el barro y tiene que hacer un esfuerzo para tirar de ella y sacarla con un gran «¡chof!», y luego dar una nueva zancada. ¡Es agotador!

Preocupada por el estado de su compañera, una idea se abre paso en la mente de Bolormaa. Mientras avanza con creciente dificultad, observa los rebaños con los que se cruzan en las cuestas. Esas vacas parecen muy tranquilas y son más bajas que los yaks mongoles. Sus cuernos son muy pequeños y menos afilados que los de la dri.

—Sígueme —le dice a XiaoLi, desviándose del sendero.

Decidida, se dirige hacia una de las bestias, que al verla acercarse deja de rumiar y retrocede, asustada.

Bolormaa pronuncia un torrente de dulces palabras en mongol, una extraña letanía que XiaoLi no entiende, pero tras unos minutos de encantamientos, para su gran sorpresa, la vaca se queda inmóvil. Bolormaa se arrodilla contra su flanco y agarra la ubre hinchada. Empieza a brotar leche tibia; se inclina y bebe con avidez durante largos minutos hasta que calma la sed.

—¡Ahora tú!

—No sé ordeñar —protesta la joven china—. ¡No lo he hecho nunca!

—Ven, pon las manos en forma de bol —le dice a su amiga, que no parece muy tranquila, pero el hambre que la atormenta puede más que la preocupación.

Se agacha para recoger la bebida templada, cremosa y reconfortante que Bolormaa ordeña para ella. La plácida vaca parece satisfecha de que la hayan aliviado. Cuando se han saciado, se dan cuenta de que los demás han seguido su camino y no alcanzan a verlos. Tienen que avanzar, pero han recuperado fuerzas y se sienten con energía para subir la escarpadura.

Al cabo de poco se pone a llover. El agua fina y helada les empapa el pelo y se les filtra por el cuello. Caminan con los dientes apretados, tratando de que las dudas no se apoderen de sus pensamientos. Solo tienen que concentrarse en sus pies, que se hunden en el barro. Un paso y luego otro. No hay que temer avanzar lentamente, hay que temer detenerse. XiaoLi clava la mirada en sus zapatillas rosas embarradas y empapadas. Solo tienen que ir acercándose al destino, nada más.

Cuando las nubes plomizas abandonan el cielo, revelando un tímido sol oblicuo de última hora de la tarde, la inclinación de la pendiente por fin se invierte. Deducen que ya están al otro lado. ¡La ladera austriaca!

Lo han conseguido.

Se miran la una a la otra, con lágrimas en los ojos y sin decir nada, cómplices en el silencio, y aceleran el ritmo a medida que la benefactora cuesta abajo les facilita la tarea. No hay tiempo que perder. Ninguna de las dos tiene reloj, pero parece tarde. Pronto oscurecerá y el camión debe de estar esperándolas. ¡O por lo menos confían que así sea!

De pronto, después de una curva, el valle se despliega con su larga cinta gris y rectilínea que atraviesa el paisaje alpino; al pie de la ladera, un pequeño punto verde sucio cuyo color reconocen descansa sobre el asfalto del aparcamiento.

10

Suciedad

Llamo a mis sueños, vaguedad ausente.
¿Tras mi exilio regresarán tal vez?
¿Veré el cielo vinculado a mi suerte?
En mi asilo ansío su delicadeza.

El camión ha cruzado la frontera italiana sin dificultades. Los polizones, amontonados detrás de los palés de *soukharis*, han notado que el vehículo reducía la velocidad hasta detenerse durante unos segundos. Han contenido la respiración mientras oían al conductor hablar en una lengua extranjera. Cuarenta y tres horas después de salir de Moscú, el camión acelera para intentar recuperar algo del tiempo perdido en la aduana austriaca. Los migrantes no se atreven a asumir que ya están a salvo y, sin embargo, el conductor recorre ahora kilómetros de autopista, pasando por túneles y puentes a toda velocidad. No parece que nada pueda detenerlo hasta llegar a Prato. Bolormaa y XiaoLi intercambian una mirada emocionada y llena de esperanza.

¿Es posible?

Los viajeros, exhaustos, hambrientos, sedientos, con aspecto demacrado y hacinados como ratas, los unos contra los otros en un abominable olor de orines y mierda, se conceden por fin el derecho de dormir unas horas. Se sienten aliviados de ser unos supervivientes, de estar vivos, aunque hay un vacío culpabilizador en el seno del grupo; los dos jóvenes kazajos no llegaron al punto de encuentro en el aparcamiento austriaco. El conductor esperó una hora, no por humanidad, sino porque el pasador chino le cantaría las cuarenta y correría el riesgo de perder dinero. Los dos jóvenes no aparecieron, así que se resignó a continuar el trayecto sin ellos; los abandonó.

Bolormaa se pregunta qué habrá sido de ellos. ¿Se habrán perdido en la montaña? ¿Los habrá parado la policía? ¿Habrán tenido un accidente? ¿Habrán muerto de hambre? ¿De sed? ¿De agotamiento?

Se reprocha no haber estado más atenta. No tendría que haberles quitado la vista de encima. Tendría que haberlos llamado, haberles ofrecido leche de vaca a ellos también, tan jóvenes como eran y en plena edad de crecimiento. Ha demostrado una gran insensibilidad y se siente culpable por ello.

—Nunca lo sabremos —responde XiaoLi—. No lo pienses más.

—Lo pienso. Estoy enfadada conmigo misma por no haber notado su ausencia. Eran unos niños todavía, y estaban tan lejos de sus padres... Hemos sido terriblemente egoístas. A fuerza de ser tratadas como ganado, hemos acabado comportándonos como animales.

—Si un problema no tiene solución, ser infeliz no cambiará nada —murmura XiaoLi presa de un adormecimiento tórpido.

Bolormaa, con el corazón lleno de amargura, se deja vencer por el cansancio y se une a XiaoLi en el reino de los sueños, arrullada por el hedor común.

Por unos instantes se escapa a un sueño lleno de amplios espacios abiertos por los que galopa, sola por la estepa helada, saboreando sus atardeceres de niña libre. De vez en cuando se detiene para contemplar el horizonte monocromo, y su caballo exhala una nube de aliento blanco mientras raspa la nieve de sus cascos. Ella inspira el aire inodoro y estéril del invierno. Luego reanuda la marcha hacia ninguna parte, al azar, sin posibilidad de equivocarse de camino y, todavía menos, de encontrar uno. Durante horas deambula por un paisaje de cristal y se deleita con la ventisca que le agrieta los labios.

Un sonoro chirrido de frenos la saca brutalmente de su sueño, dejándola aturdida.

De pronto, todos los olores fétidos agreden sus fosas nasales.

Tras cuarenta y ocho horas de periplo infernal, el camión frena para pagar un peaje, sale de la autopista y se adentra en carreteras sinuosas, salpicadas de semáforos en rojo y rotondas.

Por fin se detiene, se abren las puertas, y los polizones oyen hablar wenzhounés. A pesar de ser el dialecto menos comprensible para un hablante de mandarín promedio, ¡XiaoLi no puede creer lo que escuchan sus oídos! Alguien retira el muro que los ha aprisionado durante dos mil setecientos cincuenta y cuatro kilómetros de penitencia. El sol lechoso del amanecer atraviesa la niebla y se infiltra en su escondite. Abren los ojos y ven un patio donde chinos cargan y descargan semirremolques.

A pesar de estar agotados, todos empiezan a gritar de alegría y saltan al suelo de su liberación. Bolormaa y XiaoLi se abrazan, no se pueden creer que lo hayan conseguido.

El ucraniano discute con el que parece estar al mando de ese lugar, por el retraso y los dos chicos perdidos. El jefe está furioso. Eso supone una gran suma de dinero que no podrá recuperar a través del trabajo; menos manos en los talleres.

Por mucho que el conductor le explique con una retahíla de gestos y gritos que no podía permitirse cruzar con ellos la frontera austriaca porque habían intensificado los controles, él está colérico y no cede. Paga al pasador con una reducción en el desembolso que este no acepta y quiere llegar a las manos, pero dos fortachones acuden al rescate y no le queda más remedio que dejarlo correr e irse sin reclamar el resto.

—Me llamo señor Jiang —anuncia el hombre. No parece disgustado por haber podido hacer una demostración de autoridad ante los recién llegados, que han presenciado la escena—. De ahora en adelante trabajaréis para mí hasta que hayáis saldado la deuda por los gastos de transporte.

—Es de la Tríada, la mafia china —susurra XiaoLi al oído de su amiga.

—Mañana os repartirán en distintas fábricas y se os asignará un alojamiento, pero ahora supongo que tendréis hambre y querréis dormir, así que hoy tenéis el día libre. Os ofreceremos algo de comer y luego podréis descansar. Os daremos toda la información necesaria mañana.

Inmediatamente después, los llevan a un edificio donde unas jóvenes chinas les sirven un plato de arroz salteado con pollo tapándose la nariz a causa del fuerte olor que desprenden. Devoran la comida en un tiempo récord antes de desplomarse en unas camas improvisadas, sin tener el valor de lavarse, a pesar del hedor pestilente que se esparce por la sala.

Bolormaa ni siquiera tiene fuerzas para hacerse preguntas. Medio dormida, oye a XiaoLi murmurar unas palabras: «La libertad no es más que la distancia que separa al cazador de la presa». No logra comprenderlas en el estado de aletargamiento en el que se encuentra. Prefiere dejarse arrastrar hacia el abismo de la inercia, donde se une a los trabajadores dóciles y silenciosos, el ejército de esclavos del siglo XXI.

11

Hilo

*El cielo azul rayado de por vida
tiñendo de gris mis días de labor.
Desde entonces saco de mi alma herida
la fuerza que venza algún día el pavor.*

Al día siguiente de su llegada a Prato, tras un día de sueño cataléptico, Bolormaa, XiaoLi y sus compañeros de viaje se reúnen en el patio del edificio, y el señor Jiang los reparte en pequeños grupos, mano de obra sumisa y barata para los talleres de confección, la restauración o la marroquinería.

Las dos amigas suspiran aliviadas al saber que trabajarán juntas. Su mayor miedo era una separación forzada, les hubiese resultado insoportable. Más unidas que nunca, aferradas la una a la otra, siguen a un soldado de la Tríada que las lleva a una fábrica cercana, en la via Pistoiese.

De inmediato se ven envueltas en el torbellino de ruido y agitación ininterrumpidos que invade esa calle. Coches con matrícula italiana, pero conducidos por chinos, se agolpan en atascos, acompañándose del intempestivo sonido de las bocinas. Los peatones, teléfono en mano, corren en todas direcciones por las abarrotadas aceras. Madres maniobran con cochecitos, haciendo eslalon entre grupos de jóvenes que ríen y hablan alto. Todo el mundo parece estar como en su casa, cómodos en esa ciudad, en esa vida. Bolormaa se pregunta si ella también se convertirá pronto en una de esas chicas, una hormiga acostumbrada a ese ajetreado barrio.

El hombre que las guía las lleva hasta una nave donde hay expuestas varias cajas de cartón llenas de ropa, a la espera de compradores. Ocupan un gran espacio de la sala principal, contigua a habitaciones más pequeñas que sirven como oficina o cocina.

Los dormitorios están en el sótano, pero, de momento, a cada una se le asigna una máquina de coser entre dos largas y bulliciosas hileras. Decenas de cabezas están inclinadas sobre su trabajo y ni siquiera se toman el tiempo de levantar la mirada cuando llegan.

El hombre hace una señal y una mujer joven de unos treinta años se acerca para tomar el relevo.

—Bienvenidas —dice con un tono monótono—. Me

llamo Hua y soy la encargada de confección. Si tenéis cualquier problema en relación con vuestro trabajo o alguna pregunta, debéis dirigiros a mí. Yo soy vuestra responsable de taller.

—Prefiero esta tal Hua al horrible señor Shao —le susurra Bolormaa al oído a XiaoLi.

Hua se dispone a explicarles en qué consistirá su trabajo diario de ahora en adelante y les asigna sus puestos.

Se sienta en la silla de Bolormaa para hacer una demostración del ensamblaje de mangas en abrigos de lana. Miles de mangas se unen en cadena, mientras que, en la otra hilera, XiaoLi coserá los botones. Les muestra cómo enhebrar la aguja de la máquina, pasando el hilo por el ojo.

—Tómatelo con calma al principio —dice Hua—. No estropees el material, pero en cuanto le cojas el truco, tendrás que acelerar el ritmo. Un mayorista de Dortmund tiene que recoger la mercancía en dos días, ¡así que no hay tiempo que perder!

Las dos amigas se sientan y se dirigen una mirada cómplice para darse ánimos antes de ser engullidas por el trabajo.

Bolormaa se esfuerza. Ya ha cosido mangas en los jerséis de cachemir en Ordos, pero ese material es muy distinto; es un tejido azul noche grueso, pesado, rígido y difícil de manejar. Hay que colocar bajo la aguja de la máquina las dos piezas, una sobre la otra y, mientras estas se resisten, bajar el prensatelas para inmovilizarlas, coser la costura y cortar el hilo al final. Y luego volver a empezar. Le cuesta. ¡Más rápido! Se adapta. Una y otra vez. Al cabo de una hora, ya se las apaña bastante bien. Está cubierta de hebras de hilo azul.

Hua, que está vigilando, parece aliviada. Las dos nuevas satisfarán las exigencias del señor Jiang en la jungla de los fabricantes.

Dicho mafioso fue de los primeros en llegar, en 1989. ¡Tuvo buen olfato! Por aquel entonces, solo eran un centenar y, hoy en día, ya hay cuarenta mil chinos... o quizá más, puesto que ¿quién podría contarlos? Igual que XiaoLi, casi todos vienen de Wenzhou, al sur de Shanghái, y como mínimo la mitad de ellos no tiene papeles.

Prato ya era la ciudad del textil mucho antes de que llegaran. Lo único que hicieron fue instalarse en los almacenes abandonados tras el declive de la industria de la hilatura italiana.

¡Qué ironía! ¡En Italia, el país de la moda y de Marco Polo!

Esa ciudad era la mayor conquista económica de China en Europa, un trozo del Reino del Medio instalado en el corazón de la Toscana roja, durante mucho tiempo bastión indiscutible del Partido Comunista.

Si el señor Jiang, que forma parte de la *intelligentsia* china, se estableció en esa ciudad, no fue por casualidad. Fue porque así la ropa que fabrica, la *pronta moda*, es decir, la moda rápida, puede llevar la codiciada etiqueta y sinónimo de calidad «Made in Italy». Se trata de una ventaja innegable para el comercio exterior.

Todos esos parias de la tierra, entre los cuales ahora se encuentran Bolormaa y XiaoLi, reciben salarios míseros por confeccionar abrigos por un valor de quince euros, que se venderán por cien euros a los consumidores de moda europeos... ¡con la preciada etiqueta!

Prato, una ciudad y dos mundos paralelos que no se relacionan, que no se mezclan.

Ninguno de esos trabajadores precarios ha visto nunca la belleza de los paisajes de la Toscana, ni las colinas, que le confieren su legendaria delicadeza. Ni el sol poniente que esculpe los relieves en un juego de luces y sombras. Ni mucho menos han sentido el aliento de la historia en ese entorno tan construido; ese maravilloso jardín arbolado, diseñado por los agrónomos latinos y reinventado durante el Renacimiento, que aparece entre los famosos viñedos de Chianti. Tampoco conocen los grandes pueblos de origen medieval aferrados a las laderas de las colinas que dominan la campiña salpicada de cipreses. En la parte china de Prato, nadie sospecha la existencia de todas esas joyas a las puertas de la ciudad, todos esos elementos que contribuyen a crear la imagen de una región agradable, donde se vive bien, una tierra de abundancia que nunca será la suya.

Su mundo es el ajetreo de los sábados por la noche y los domingos en las calles de las zonas industriales. Las furgonetas y los monovolúmenes con matrículas de Polonia, Alemania o Francia transportando los productos que se expondrán en un mercado de Nápoles, en una tienda de Zagreb o en un mercadillo de ropa de Bruselas.

Es en ese *european dream* donde Bolormaa y Xiao-Li tendrán que encontrar su sitio, en un taller abarrotado, como lo hicieron miles de sus compatriotas antes que ellas. Les pagarán quinientos euros al mes y podrán elegir entre enviar dinero a los suyos o confiar sus ahorros al sistema bancario clandestino, el Fei Ch'ien, que significa «el dinero que vuela». Cuando hayan terminado de pagar a su pasador, por supuesto…

Ya está, hecho. Su primera jornada de trabajo en tierras italianas.

Cuando XiaoLi y Bolormaa salen del taller y se ven arrolladas por la bulliciosa y ajetreada muchedumbre, ya se ha hecho de noche. La joven mongola se sacude la ropa con un movimiento de mano para que caigan las hebras de hilo azul que se le han quedado pegadas. El camión ambulante de aperitivos y bebidas distribuye pequeñas bandejas de arroz cantonés. En ese barrio, los quioscos solo venden el *Wan Li* y, en los restaurantes, los fideos sustituyen a los *tagliatelle*. Todos los letreros están escritos con caracteres, ignorando la lengua de Dante. La via Pistoiese, el corazón del barrio chino, está poblada exclusivamente por asiáticos. Ayer mismo eran invisibles, confinados en oscuros talleres clandestinos; hoy salen a la luz del día y se organizan. Hay pescaderías, tiendas de artículos para el hogar, supermercados, puntos de venta de teléfonos móviles, peluquerías, herboristerías, joyerías, bares y clubes de ocio donde se tiene acceso a juegos de azar o se puede cantar en un karaoke. Parejas de recién casados pasean de la mano y no se imaginan viviendo en otro lugar; están en casa. Familias jóvenes de segunda generación empujan cochecitos en los que duermen bebés nacidos allí, que nunca conocerán el país de origen de sus abuelos. En las paredes hay grandes tablones con mensajes; búsqueda de empleo, alojamiento y ofertas diversas. Y allá donde se pose la mirada, hay pequeños rectángulos de papel blanco con una inscripción en wenzhounés, seguida de un número de teléfono. En todas partes reinan los móviles. Parece un implante en la oreja de cientos de siluetas frágiles que, con un cigarrillo en la boca, recorren la calle. Grandes Mercedes, Audis o Porsches demuestran que los *laoban*, los jefes, no andan lejos.

Las dos amigas, mudas, aturdidas por el cansancio y el ruido, caminan arrastrando los pies por la acera. Tienen las lumbares destrozadas, los dedos llenos de pinchazos, los ojos enrojecidos y no se atreven a hablar de su total desilusión.

XiaoLi se siente culpable por haber arrastrado a Bolormaa a esa nueva esclavitud. No ha logrado llegar a El Dorado, solo le ha dado la vuelta al reloj de arena, y ahora el mismo polvo de la desgracia cae en sentido inverso. Se pregunta de qué sirve haberse ido de Ordos para acabar pudriéndose en el fondo de un taller idéntico. ¿Por qué tanto dinero desperdiciado en un viaje inútil? ¿Por qué tantos tormentos?, ¿tanto agotamiento?, ¿tantos peligros?

La tristeza le escuece en los ojos, está consternada.

Sin embargo, Bolormaa, a menudo la más pesimista de las dos, no le reprocha nada. Guarda en secreto la esperanza de encontrar algún día a la mujer de la tarjeta. La conserva en el bolsillo como un amuleto. Para ella es más preciada que su pasaporte, confiscado por el señor Jiang hasta que salden la deuda. Si han logrado llegar hasta aquí, no será ese mafioso quien les impida alcanzar el final del viaje, el objetivo último de su periplo.

—Perdóname —murmura XiaoLi, al borde de las lágrimas, rompiendo el silencio que se había instalado entre ellas.

Bolormaa la mira fijamente, sorprendida. Nunca la había notado tan afligida por las circunstancias. Ver a su amiga tan abatida la perturba. No es propio de ella. No puede aceptarlo. ¿Quién la animará si ella también tira la toalla?

—Nuestra mayor gloria no es no caer nunca, sino

levantarnos cada vez que nos caemos —profiere, apropiándose el gusto de su compañera por los proverbios.

De una manera instintiva infunde consuelo en sus palabras, esperando que XiaoLi recupere la valentía. La determinación que demuestra es proporcional al abatimiento de su amiga. Tienen una relación con tanta complicidad que los vasos comunicantes de las emociones funcionan entre ellas.

—Cuando el elefante se queda atascado en el lodo, solo el elefante puede sacarlo de allí —añade—. Solo podemos contar con nosotras mismas. Elaboremos un plan de ataque. Primero, espionaje; hay que salir todas las noches, aunque estemos cansadas y frustradas. Tenemos que escudriñarlo todo, sopesarlo todo, memorizar hasta el último detalle con tal de encontrar un fallo en el sistema. Segundo, escapar; un día daremos esquinazo al esclavista del señor Jiang y se nos presentará la oportunidad de encontrar a la mujer que compró mi suéter de cachemir rojo. Allí es donde reside nuestra libertad, no aquí. Todavía no hemos llegado al final del viaje. Nada está logrado cuando, de diez pasos, todavía queda uno por hacer.

—El señor Jiang nunca te dejará ir —objeta Xiao-Li—. No te das cuenta de lo peligroso que es todo esto, no eres consciente. Si huyes, la Tríada irá tras la familia que tienes allí.

—Paciencia, el momento elegido por el azar vale siempre más que el momento elegido por nosotros mismos —responde Bolormaa—. Vayamos a dormir, ya hemos tenido suficiente por hoy, estamos tan agotadas que no podemos pensar con claridad y decimos tonterías.

XiaoLi asiente ante la determinación de Bolormaa, que añade:

—Tú lo eres todo para mí, eres mi familia, te lo ruego, no te rindas...

Entran en el edificio que sirve también de alojamiento y, sin hacer ruido, para no molestar a los que ya yacen desplomados en sus literas, se agarran a la barandilla desvencijada para bajar a oscuras la escalera que lleva hasta el sótano. Con cada paso que dan aplastan la mugre incrustada y los escalones crujen. No se atreven a respirar profundamente el fétido aliento que se escapa por las grietas de las paredes del sótano. Para entrar en su «habitación», hay que levantar el pestillo y empujar con todas sus fuerzas la hoja de madera para entreabrir la puerta, que está hinchada por la humedad. Unas literas las esperan. La estancia es tan pequeña que no han podido poner una cama al lado de la otra. No importa, Bolormaa sube a la de arriba, encorvada, para evitar golpearse la cabeza con ese techo demasiado bajo, se quita la ropa, la dobla, la deja a los pies de la cama y se tumba en el colchón, lleno de trozos de hilo azul del taller. Cuando XiaoLi se lo indica, apaga la lámpara de cabecera y se queda contemplando la rejilla del sótano, que proyecta las sombras de la calle sobre las paredes leprosas. Las siluetas que pasan por delante de la abertura se alargan bajo las crudas luces de neón del exterior. El zumbido continuo de peatones, ciclistas y coches que circulan a todas horas palpita en sus oídos con movimientos convulsivos. Todo ese ruido está luchando por la vida. Bolormaa piensa que no se han ido del país. China está ahí. Primero hay que sobrevivir, luego actuar. Incapaz de seguir pensando en ello, se sumerge en el sueño, abatida por un primer día extenuante.

12

Óleo

Colmarse de locura y no pensar;
cantar, beber y bailar sin reposo.
Cuando cae el día ver alborear,
y el cielo recobrar un fulgor hermoso.

Al otro lado de la ciudad, en el Prato de los italianos, el día termina como de costumbre. Los lugareños han ido regresando a sus casas poco a poco. Han cenado en familia y ahora se acomodan frente al televisor para pasar una velada tranquila. Es aquella hora en la que el sol poniente pinta de rosa las fachadas. Los tejados romanos de terracota se tiñen de rojo bajo los rayos rasantes, y las ventanas se van iluminando una tras otra, dejando entrever como las vidas tranquilas se acurrucan en la comodidad.

En su lujoso piso, Alessandra deja correr el agua caliente para que le masajee la columna vertebral. Mucho rato. Demasiado rato. No es nada ecológico desperdiciar tanta agua, pero lo necesita para deshacerse de la pringosa angustia que se le ha quedado pegada al cuerpo. El cuarto de baño está lleno de vapor y, al salir de la ducha, ve su reflejo en el espejo, velado por un halo pálido.

Se seca la larga cabellera pelirroja, se perfuma y se maquilla para intentar ocultar bajo los artificios de la cosmética las secuelas de la ansiedad que la carcome por dentro.

Coge el suéter de cachemir rojo y se lo pone, desafiando la prohibición que ella misma había impuesto en la tienda. Al cerrar la *boutique*, lo ha cogido discretamente sin avisar a Giulia y lo ha enterrado en lo más profundo de su bolso como una ladrona. Ha sido un gesto irresistible que no ha podido contener, una fuerza misteriosa se ha apoderado de ella. ¡Tenía que hacerlo!

Sus rizos leonados caen como una cascada sobre la lana, atizando un fuego provocativo que enarbola sin temor. Ha intuido que ese impacto resplandeciente aligeraría el peso de los problemas que teme revelar a Giulia. Lo necesita para tratar de estabilizarse, puesto que hay demasiadas preocupaciones en su vida. Demasiados problemas cuya sombra se cierne sobre la tienda.

En el centro del piso, sobre la mesa del comedor, se acumulan recordatorios de facturas por pagar, cartas certificadas y requerimientos de pago. Alessandra se lo lleva todo a casa para escondérselo a su amiga, que no se sorprende al ver que el despacho de la tienda ya no está abarrotado de papeles.

¿De dónde sacará el valor para confesarle a Giulia que la situación es grave?

Alessandra ya había intentado en algunas ocasiones darle a entender que el creciente interés de los consumidores chinos por los artículos de lujo estaba cambiando las reglas del juego. En una conversación que tuvieron, le dijo que el precio de la lana de cachemir prácticamente se había duplicado en los últimos años. Intentó hablarle de lo mucho que estaba creciendo la demanda china, cuyo poder adquisitivo estaba viviendo un auge espectacular. Había hecho alguna vaga referencia a la reducción del ganado a causa de los inviernos demasiado duros, así como a la prohibición del pastoreo libre de cabras para combatir la erosión del suelo en Mongolia Interior. Por supuesto, no le había dicho con un tono grave: «Siéntate, tenemos que hablar. Pronto estaremos al borde de la quiebra». No había tenido el valor de coger la dulce despreocupación de su amiga y arrojarla al abismo de su angustia.

Sin embargo, ha llegado el momento de ser realistas. Si la situación continúa así, tendrán que echar el cierre. Es una perspectiva demoledora para Alessandra.

Un pensamiento terrible cruza su mente: la necesidad de mandarlo todo a paseo, de acabar con todo, de morir.

«El barco se va a hundir y yo soy la capitana —se dice para sus adentros—. No puedo dejar a Giulia sola en la cubierta». Envidia a su amiga por no ser consciente del peligro inminente, por su frivolidad, pero ella es la responsable. Desde la infancia, siempre ha tratado de protegerla, de evitarle los disgustos. ¿Cómo podría ella imaginarse lo que le espera?

Hace un rato ha rechazado la propuesta de Giulia de ir juntas al cine. No tiene fuerzas para seguir fingiendo. Pero ya no soporta más las tardes sola frente a sus problemas.

Hoy le ha venido un impulso repentino de abrir un paréntesis. De alegrarse la noche con una explosión de colores, música, sonido y pasión. La necesidad de estar en el presente para no pensar en el mañana, para deshacerse del exceso de problemas.

Se admira en el espejo, ahora ya desempañado, y se encuentra seductora, asombrada de ser hermosa. Esos últimos meses se había olvidado de sí misma. Aleja el pensamiento de que el tiempo cruel discurre demasiado rápido y estropea los sueños más bonitos a su paso. Sus sueños de niña pequeña cuando veía el futuro de color de rosa con su amiga inseparable. ¡Se prohíbe pensar en eso! Por ahora se encuentra hechizante y tiene la intención de dejarse embriagar por esa sensación durante toda la noche.

Se sienta en la barra de un club de moda, envuelta en un torbellino de música actual, y pide vino blanco.

Levanta la copa para que le dé la luz y así poder apreciar los reflejos dorados de la bebida y, justo en el momento en el que se la acerca a los labios, siente una mirada clavada en la espalda, se da la vuelta y se encuentra con los penetrantes ojos de un desconocido que la miran fijamente. Ella se estremece de placer mientras da un trago. Saborea esa sensación agradable y finge indiferencia al tiempo que bebe a sorbos su vino. Cruza y descruza las piernas, enfundadas en negro. Los focos avivan la incandescencia de su silueta, de la que ese hombre no puede apartar la mirada.

—De parte de ese señor —dice el camarero colocando una nueva copa de vino delante de ella.

Se da la vuelta y la levanta en su dirección articulando un «gracias» con los labios. Él solo estaba esperando esa señal para unirse a ella en la barra.

—Quizá un vino tinto hubiese combinado mejor con tu estilo —dice con una voz aterciopelada que seduce a Alessandra.

Ella lo examina por el rabillo del ojo. Pelo oscuro, largo en la nuca y ondulado, peinado hacia atrás al estilo artista, de unos cuarenta años que ya empiezan a marcar su rostro, y un atuendo que parece descuidado pero que está hábilmente calculado.

—¿A qué te dedicas? —le pregunta para sacar conversación.

—Soy pintor.

Alessandra sonríe, puesto que su aspecto encaja a la perfección con su profesión; «se ha puesto el uniforme», piensa, mordaz.

—Por eso te estaba mirando con tanto interés, no me consideres un acosador enfermizo, al contrario, estoy deslumbrado por tu aura, y es el artista quien habla ahora, nunca he visto nada igual. Me inspiras, provocas algo en mí... Este suéter te sienta de maravilla —añade, y posa su mano sobre la manga con un gesto casi imperceptible para comprobar lo suave que es.

Le habla de su arte y de su vida, sin dejar de mirarla a los ojos. Continúa con la mano apoyada sobre su brazo y aumenta un tanto la presión. La aturde con muchas palabras y ella lo permite, inmóvil, totalmente aliviada ante la sensación de no pensar en nada. Sus dedos se han introducido dentro de la manga, tocando su piel desnuda, y ahora le acarician el interior de la muñeca. Van subiendo poco a poco por su brazo, hasta donde se esconde la redondez, y palpan. Alessandra baja la mirada hacia el vino, que se está calentando. Nota una sensación reconfortante. Su acompañante explora la calidez de su axila y se infiltra hasta el nacimiento de su pecho mientras continúa con un monólogo que ella no escucha. Alessandra se abandona a ese bienestar pasajero como una niña a la que consuelan porque tiene una gran pena. Otra copa más, la cabeza le da vueltas. Murmura un «tengo que irme, es tarde», que él coge al vuelo.

—Te acompaño —dice con un tono que no admite contestación.

El hombre ha tomado el control de la velada. Alessandra acepta montarse en el cómodo coche. Le indica su dirección, dejándose llevar por la euforia fruto de la neblina del alcohol. Él aparca delante de su casa y apaga el motor. Alessandra consiente cuando la atrae hacia él, se acerca a su boca y desliza la mano en el hueco que hay entre el borde de la pieza de punto y la zona lumbar. Mediante un acuerdo tácito, abandonan el habitáculo y salen a la lluvia torrencial de la calle. Él la empuja apasionadamente contra la puerta de la entrada y la besa otra vez. Ella consigue encontrar la llave, la cerradura, la escalera.

Cuando la puerta se cierra detrás de ellos, gotas de agua resbalan por sus cuerpos creando un charco en el suelo. Él le acaricia los pechos bajo el suéter mojado y luego se quitan mutuamente la ropa empapada. Descubre, fascinado, la piel lechosa de Alessandra, luminiscente en la oscuridad de la habitación. Entierra la cara en las profundidades de su melena cobriza y se embarca en una delirante noche fuera del tiempo, de esas que el azar otorga pocas veces en la vida.

Se quedan dormidos abrazados, hasta que el alba penetra en la devastación caótica de la habitación. Entonces, con mil precauciones, retira el brazo de debajo de la nuca de Alessandra y la examina mientras duerme. Se impregna de su silueta opalina sobre las sábanas arrugadas, aureolada por los ardientes rizos esparcidos desordenadamente sobre la almohada. Se viste con prisas y, justo cuando está a punto de salir por la puerta, recoge la prenda de cachemir rojo abandonada sobre el suelo, la hace un ovillo y se la guarda bajo la chaqueta, llevándosela como si fuera un trofeo.

Matteo se pone una bata de pintor y escoge un formato grande de entre el conjunto de lienzos en blanco que esperan contra una pared del estudio a ser el elegido.

Las calles de Prato todavía estaban desiertas cuando ha aparcado el coche delante del bar que hay a pie de calle. Se ha tomado un expreso en la barra y ha subido las dos plantas que lo separaban de su guarida. Ahora saca la prenda de cachemir hecha una bola y la extiende sobre el respaldo de una butaca, al lado del caballete en el que fija el bastidor con el lienzo. Observa el suéter durante unos minutos. Su plasticidad le devuelve destellos febriles de la noche pasada. Unas ganas irresistibles de pintar se apoderan de él. Siente una avidez codiciosa por manchar de rojo esa superficie blanca y virgen que lleva tanto tiempo esperándolo.

¡Demasiado tiempo! Su deseo de crear se había volatilizado.

Tras haberlo sermoneado varias veces, su galerista se había dado por vencida, impotente ante su sequía creativa. Había que rendirse a la evidencia: Matteo Fontana había perdido la inspiración. Su musa se había ido tal y como había llegado, de repente.

Había tenido éxito desde su primera exposición y había hecho famosa la galería Vega de Gianna Ricci. Había continuado haciendo de Matteo Fontana año tras año, autoplagiándose con un proceso muy perfeccionado. Luego empezó a aburrirse terriblemente. La pintura sistematizada ya no le entusiasmaba. Pintaba con desgana series de cuadros, con distintas variaciones, pero, en el fondo, siempre parecidos. El pesimismo acerca de la recesión económica no le incitaba a renovarse. Ahora todo era mucho más complicado que cuando empezó. A pesar de su actitud complaciente para gustar a los potenciales compradores, las ventas eran cada vez más escasas; entonces ¿qué sentido tenía perseverar?

Con la crisis, el arte se había convertido en un mercado, un negocio, una especulación. Se equiparaba a un bien de consumo, de inversión, de cálculo, de conjetura, de trapicheo y de esnobismo. Ya poco tenía que ver con la creación, la expresión de una emoción y los flechazos del comprador...

Matteo se decía a sí mismo que siempre habría artistas que innovaran con pasión, tanto en el sufrimiento como en la alegría, pero estos cada vez encontraban más obstáculos y Matteo ya no quería ser uno de ellos. La sociedad occidental se había convertido en la sociedad de la imagen. Imágenes que caían como una cascada de la mañana a la noche. Fotografías, reproducciones de cuadros impresos en relieve sobre lienzos, que se vendían a precios irrisorios en cadenas de tiendas de decoración baratas, llenas de hordas de consumidores a los que les gustaba renovar su escenario vital cada tres años, según las estadísticas.

Para el artista, resultaba agotador intentar mostrar su obra, durar, resistir. Matteo ya no tenía fuerzas, había tirado la toalla y la chispa se había apagado en su interior. Desilusiones, engaños, desprecio hacia sí mismo, desánimo… Al final su espíritu creativo se había acabado secando, como un árbol muerto.

Hasta la pasada noche.

Le invade el recuerdo ardiente de la pelirroja. Su color le golpea el corazón, corre por sus venas dejándole una sensación placentera y dolorosa a la vez. Desde que la vio, sintió una necesidad irrefrenable de capturar su resplandor. Y luego, cuando la desnudó, quedó fascinado por ese cuerpo blanco como el mármol de Carrara. Podría decirse que se trataba de una estatua de Michelangelo, si no fuera por la vida que latía en su ardiente melena.

Ahora, de pie frente al caballete, tiene que dejar que esa conmoción fluya a través del pincel, que brote dicha excitación, que la emoción se derrame sobre el lienzo en blanco y lo salpique febrilmente creando un frenesí de color.

Piensa en ella mientras selecciona los tubos de pintura al óleo; carmín y carmín quemado, escarlata, laca garanza. Matteo los pone en línea sobre una mesa, del más oscuro al más claro. Rojo inglés, rojo cadmio púrpura. Prepara un aglutinante oleorresinoso al cual añade un disolvente. No hay que olvidarse de los matices; rojo de Venecia y bermellón, presentes en los reflejos de la prenda de cachemir. La cabellera tirará hacia el amarillo Nápoles rojizo, el naranja de cadmio y el ocre anaranjado. Prepara la paleta raspando los viejos relieves secos. También necesitará unos toques de bronce, cobre y oro oscuro. Sobre todo debe acordarse de incorporar un poco de blanco nacarado y marfil para la piel, lo que creará un contraste deslumbrante.

Todo está listo.

El cromatismo de su musa está dispuesto en forma de abanico.

Su musa.

La que lo ha sacado de su desgana devolviéndole el apetito. No necesitó hablar. Bastó con que le transfiriera su tono ardiente para que él entrara en ese frenesí creativo. Matteo no quiere saber quién es. Ni siquiera sabe cómo se llama. Se ha ido como un ladrón, llevándose su suéter y su fuego.

Se lanza a pintar sobre el lienzo, deseoso. Sin dibujo previo, ataca directamente la capa de fondo. Una sustancia blanca que confiere luminosidad a los tintes, ideal para una obra llena de color. Lo pincela apresuradamente con acrílico, que se seca más rápido, puesto que no hay tiempo que perder, está demasiado ansioso. Tampoco tiene tiempo de respetar la regla de oro de la pintura al óleo, graso sobre magro, porque entonces la capa tendría que estar completamente seca antes de aplicar la siguiente. Matteo opta por otra técnica, más rápida, la que utilizan los artistas experimentados, llamada *alla prima*. Se usa para captar la espontaneidad y permite completar el cuadro en una única sesión, porque cada capa se aplica sobre la anterior cuando todavía está fresca.

La obra toma forma bajo la punta de su pincel, con el que dibuja grandes trazos de una anchura considerable. Y en medio de todo ese rojo salvaje, repleto de reflejos cobrizos, una tez de seda pálida, temblorosa por la sangre que le fluye a flor de piel.

Matteo da un paso atrás para evaluar el resultado. Es su primer espectador. Se queda unos instantes sumergido en la emoción que transmite su obra, luego vuelve a acercarse para los arreglos. Es entonces cuando se lleva a cabo el verdadero trabajo del pintor, con trazos ligeros. Le da los retoques finales al lienzo con la punta del pincel, buscando la armonía tonal definitiva. Poco a poco va fijando las luces, extendiendo las sombras y cuidando los detalles.

El sol del atardecer ilumina ahora el estudio. Sus

rayos crepusculares tiñen de rosa las paredes blancas. Matteo, absorto como estaba en su labor, no lo ha visto venir, como tampoco se ha dado cuenta del paso de las horas. Ha terminado el cuadro, y ahora piensa que el astro rey se ha puesto a juego. Está exhausto y satisfecho. La pintura hace vibrar la habitación con sus ondas. Con la mano grasienta y manchada, acaricia una vez más, a modo de agradecimiento, el suéter de cachemir extendido sobre la butaca, después se desploma en el sofá para aliviar el dolor muscular. Se siente libre y ligero. Da las gracias en silencio a su musa.

Gianna Ricci llama con tres impetuosos golpes a la puerta del estudio. Ya anticipa el enfado que sin duda le provocará la apatía indolente de Matteo, como cada vez que lo visita con la esperanza —rápidamente desvanecida— de encontrarlo trabajando. Se promete a sí misma que es la última vez que se presenta en su casa. Se está volviendo humillante; va a acabar pareciendo una acosadora. Con su edad, tener que seguir persiguiendo a «sus» artistas le resulta cada vez más pesado. Si debe continuar así, se jubilará y dejará que sus protegidos se las arreglen solos. Está harta de su bohemia despreocupada que choca con su rigor comercial. ¡Seguir la moda actual no es lo que les dará de comer! Matteo es peor que los demás. Se cree por encima de las limitaciones materiales y la mira con desdén. ¿Qué puede hacer si él no quiere? ¡No puede atarlo al caballete y amenazarlo!

Sin embargo, cuando le abre la puerta, detecta un brillo inusual en sus ojos. No se ha afeitado, está despeinado y cubierto de pintura. Un fuerte olor a aguarrás y aceite de linaza flota en la estancia. Él se aparta sin mediar palabra para dejarla entrar. Ella, incrédula, se encuentra cara a cara con una erupción volcánica. Hay una veintena de lienzos colocados en círculo por todo el estudio, variaciones del fuego. El exceso de energía que emana de ellos es como una ola de calor repentina.

—¿¡Qué ha pasado!? —exclama.

—Querías que trabajase porque necesitabas una exposición, pues, bueno, ¡sírvete tú misma! —dice Matteo con ironía.

—¡Pero te has puesto a pintar como un loco! Y estos colores... ¡Nunca había visto nada igual!

Levanta un cuadro para examinar el relieve de la materia, lo vuelve a dejar en su sitio, va de uno a otro planeando, da un paso atrás para admirar el conjunto.

—¡Qué creatividad! Y yo que pensaba que estabas acabado...

¡Hay que organizar una gran inauguración, convocar a la prensa, enviar invitaciones! Todo ese rojo la excita.

—¿Y esto? —pregunta señalando el suéter de cachemir manchado de pintura.

—Es mi modelo, mi punto de partida.

—Debía de ser hermoso, pero lo has masacrado.

—¡No se puede hacer una tortilla sin romper los huevos!

—Aunque quedará precioso en mi presentación. Ya me lo imagino, colocado en un maniquí en medio de la galería, rodeado de tus obras.

Agita los brazos en el aire haciendo unos gestos amplios que representan la puesta en escena, mientras que Matteo observa su entusiasmo con una expresión socarrona.

—¿Puedo? —dice cogiéndolo con la punta de los dedos para no mancharse.

—Adelante, por favor —responde inclinándose para hacer una reverencia burlona—. Yo ya he terminado con él.

No puede evitar pensar en la pelirroja a quien se lo robó. Se siente un poco culpable, pero se promete a sí mismo que le enviará el primer cuadro de la serie a modo de disculpa. Se lo debe.

13

Cenizas

Cascos de caballos cerca del lago
suenan en el paraje embriagante;
un sonido que en mi cripta oigo vago,
lugar que me trae pena asfixiante.

XiaoLi acaba de terminar una larga jornada laboral.
Tras catorce horas pegada a la máquina de coser, le
cuesta estirar las piernas y se le nubla la mirada mientras intenta encontrar a la responsable del taller.

Hua se da cuenta, de pie en medio del zumbido de
las laboriosas abejas, y se acerca a ella.

—¿Qué quieres?

—Me gustaría hablar con el señor Jiang —dice
XiaoLi con voz firme—. ¿Está arriba, en su despacho?

—¡Has perdido la cabeza! —dice Hua alarmada—.

No te atrevas a molestarlo, se pondría furioso. ¿Por qué quieres verlo?

—Ya hace dos años que trabajo para él y nunca acabo de pagar mi viaje. ¡Me parece que hace mucho tiempo que mi deuda está saldada! Me gustaría ver las cuentas para saber en qué punto estoy.

—¡Definitivamente te has vuelto loca!

—¡Tengo derecho a que me informen de mi situación! ¿¡Cuánto tiempo más tengo que currar como una esclava en esta pocilga!? —grita enfadada.

Hua la agarra por el brazo y se lo estrecha con fuerza. Sus ojos desprenden destellos de pavor. XiaoLi intenta liberarse mientras piensa que mañana tendrá un moretón.

—Escúchame bien, mosquita muerta, soy la responsable de este taller y no quiero verme involucrada en tus disparates. Cuando tus deudas estén saldadas, el señor Jiang te lo hará saber. Hasta entonces, compórtate, porque es capaz de aplastarte como a una cucaracha.

XiaoLi no responde. No vale la pena. A esa chica claramente le aterroriza el mafioso. Se dirige hacia la salida, donde Bolormaa la espera, preocupada.

—¿Qué?

—No podemos contar con ella, vendería a su padre y a su madre con tal de proteger su parcelita de privilegio de responsable de taller.

Bolormaa suspira, ya resignada, pero cuando levanta la mirada hacia el rostro de su amiga, ve determinación en sus ojos. Entiende que quiere seguir adelante, y el miedo le hiela la sangre.

El señor Jiang tiene su despacho en la planta de arriba. A los trabajadores les está terminantemente prohibido acercarse. Todo el mundo le teme, pues tiene el poder sobre la vida y la muerte de sus súbditos. Se ha creado una reputación aterradora alrededor de su nombre; los casos de extorsión, prostitución, ajustes de cuentas y secuestros son incontables.

Bolormaa se queda petrificada, esperando que lo que ha leído en los ojos de su amiga sea un error o que abandone el alocado plan que tiene en mente.

—Hablar no cuece el arroz —afirma XiaoLi cogiéndole la mano para que la acompañe.

Pasa por al lado de las sucias paredes amarillas del taller a hurtadillas y se dirige hacia el pie de la sombría escalera. Hua ya ha retomado la vigilancia de las costureras y les da la espalda, convencida de que el incidente ha quedado cerrado. Al levantar la mirada, Bolormaa ve los peldaños desenrollándose en una espiral que se pierde en la oscuridad.

—Ven —dice únicamente XiaoLi iniciando la ascensión en la penumbra.

Y Bolormaa la sigue a pesar de estar aterrorizada. No puede dejar que su amiga vaya sola.

Ambas suben agarrándose a la barandilla. El zumbido de las máquinas de coser disminuye a medida que avanzan. Bolormaa siente como le late el pulso en las sienes. Le cuesta respirar, por la subida, que la deja sin aire, pero sobre todo por la ansiedad, que hace que se le cierre la garganta. Se detienen a medio camino para recuperar el aliento. En ese momento, Bolormaa piensa, llena de esperanza, que XiaoLi se dará por vencida y dará media vuelta. Pero no, continúa. Cree que tiene derecho a conocer su situación y que ya es hora de poner fin a la insoportable incertidumbre mientras sube los últimos peldaños.

Se detiene de nuevo frente a la puerta del despacho. Bolormaa puede oír su corazón latiéndole con fuerza en el pecho. Bum, bum. Aunque ¿quizá es el de XiaoLi el que oye? ¿Acaso tiene tanto miedo como ella bajo esa fachada de guerrera?

Tras un largo silencio observando la puerta, llama con el puño y espera. Unos pasos se acercan. Seguramente un guardaespaldas abrirá y les bloqueará el paso. Tendrán que negociar un encuentro e insistir. Pero, para su gran sorpresa, se encuentran con el señor Jiang en persona. Nunca lo habían visto tan de cerca y les sorprende descubrir que es más pequeño y delgado de lo que recordaban. Encorvado por los años y con el pelo ralo parece bastante insignificante. Casi frágil, si no fuera por sus penetrantes ojos negros, afilados como los de un ave rapaz.

—¿Qué buscáis? —pregunta, atónito.

—Tenemos que hablar con usted —dice XiaoLi

con una voz que se esfuerza para que suene autoritaria.

Bolormaa está paralizada; sin lugar a dudas, su ira caerá sobre ellas como un huracán terrible y destructivo. Sin embargo, el señor Jiang se hace a un lado para dejarlas entrar. Pasan tímidamente por delante de dos hombres corpulentos que juegan con sus teléfonos apoltronados en un sofá.

—Sentaos —las invita el señor Jiang señalándoles unas sillas detrás de un sórdido escritorio cubierto de papeles y archivadores—. Os escucho —continúa con un tono calmado.

—A mi amiga y a mí nos gustaría consultar nuestro dosier —señala XiaoLi.

—¿Vuestro dosier? —responde el hombre, desconcertado.

—Sí. Queremos ver las cuentas, saber lo que nos queda por pagar de nuestra deuda.

Bolormaa se mira los pies preguntándose de dónde saca el valor XiaoLi.

El señor Jiang hace una pausa durante la cual parece estar reflexionando, entonces rompe el largo silencio y estalla en una sonora carcajada. Se retuerce en la silla entre risas.

—¡Ah, era eso! ¡Nunca había oído nada tan divertido!

Las dos amigas se miran, desconcertadas. El señor Jiang está doblado sobre sí mismo sujetándose las costillas, sacudido por unas carcajadas que hacen que se le salten las lágrimas.

—¿Lo habéis oído, chicos? —dice entre convulsiones haciendo partícipes a sus gorilas—. ¡Quieren ver las cuentas!

Las dos chicas echan un vistazo a los dos cerberos, que se preguntan qué actitud deben adoptar. El señor Jiang se enjuga las lágrimas y recupera al instante un semblante serio, como esos payasos de circo que cambian de expresión al segundo.

—No os preocupéis, mi tesorero se ocupa de todo y, cuando llegue el momento, se os hará saber, pero todavía no está en el programa.

Se levanta para indicarles que ya ha perdido suficiente tiempo y que tienen que irse.

—Denos nuestro pasaporte —exige XiaoLi, de pie frente a él.

El señor Jiang entorna los ojos, muy irritado ante tal petición. Bolormaa no puede creer que su amiga se haya atrevido a usar el imperativo y piensa que los guardaespaldas las van a hacer papilla. Ya se han puesto de pie, preparados para echarlas, pero su jefe los detiene con un gesto de la mano y se dirige a las chicas como si les hablara a dos niñas caprichosas:

—Ahora, salid de aquí antes de que me enfade.

En un esfuerzo desesperado, Bolormaa tira de su amiga hacia la escalera, y bajan los peldaños de cuatro en cuatro. Se detienen en el último escalón para calmarse antes de volver a cruzar el taller en sentido inverso. Hua las observa, incrédula.

—¡No os habréis atrevido! —exclama, sospechando lo ocurrido.

Las dos amigas pasan junto a ella sin mediar palabra, con la cabeza bien alta y una mirada desdeñosa.

—¡Ni se os ocurra huir! —grita—. ¡Os costaría muy caro! ¡Otras personas lo intentaron antes que vosotras y se arrepintieron profundamente!

Bajan en silencio hasta su habitación, tan acogedora como una celda de prisión.

—¿Y ahora qué vamos a hacer? —pregunta Bolormaa, abatida.

Siente como si tuviera las piernas de gelatina, le tiemblan del miedo que ha pasado. Ahora, al destensarse, nota una sensación desagradable, como si flotara.

XiaoLi le responde con una fórmula, cuyo secreto conoce:

—Es difícil atrapar un gato negro dentro de una habitación oscura, sobre todo cuando no está.

La tentativa acabada en fracaso hunde a Bolormaa en un desánimo todavía mayor que antes.

—¿De qué te ha servido esta descabellada expedición?

—Más vale encender una vela que maldecir la oscuridad. Yo, al menos, lo he intentado.

—El señor Jiang nos saca un tercio de nuestro salario solo para el pago de intereses, a este ritmo, ¡nos quedan años y años de trabajar como esclavas! —Bolormaa alza la voz, irritada—. Después de la comida, lo poco que nos queda desaparece en los bolsillos de todos los intermediarios obligatorios de la comunidad china. El testaferro, que nos subalquila esta habitación sórdida, el que ejerce de correspondiente, que recibe el correo oficial en otra dirección y reclama una cantidad absurda de dinero por la entrega de una carta certificada, el banquero, que nos ayuda cuando hay que extender o cobrar un cheque...

XiaoLi se esfuerza por conservar la esperanza que borbotea en su interior. Se niega a admitir la derrota, a claudicar ante el primer revés.

—Con tiempo y paciencia, la hoja de morera se convierte en seda.

En el caso de Bolormaa, la consecuencia de dicha desilusión es una rabia derrotista. Le hierve la sangre.

—¡Se te dan muy bien los proverbios, pero eso no nos soluciona los problemas! —replica, exasperada—. Hace ya dos años que solo tenemos un sótano por horizonte, que fabricamos de manera ilegal y durante quince horas al día ropa china sintética que lleva la etiqueta «Made in Italy», ¡y no vemos el menor atisbo de luz al final de este túnel infernal!

Ha gritado tan alto que ha ensordecido a XiaoLi, y sus palabras continúan resonando en la habitación.

Durante unos minutos escuchan el penetrante eco del resentimiento en el silencio.

Bolormaa se tumba en la cama vestida y se da la vuelta hacia la pared. Cierra los ojos y se sume en un mutismo amargo, con el corazón reducido a cenizas, hecho pedazos de tanta hostilidad.

Bolormaa se detiene unos instantes en el umbral del taller, dejando tras de sí el estruendo embrutecedor de las máquinas de coser, antes de verse arrollada por tantos otros sonidos en la concurrida acera de la via Pistoiese. En esa época del año, a pesar de que la tarde ya está muy avanzada, el sol todavía sigue alto sobre los tejados de las casas y la gente que empieza a salir de todos lados se refugia en la parte sombreada. Charlan o escuchan música mientras esperan a que refresque. El asfalto se ha derretido y el hormigón quema, pero sigue siendo mejor que estar encerrada en un sótano que el verano ha convertido en un horno. Da unos pasos en dirección al centro de Prato, evitando el gentío que se apresura en dirección a las tiendas con caracteres chinos. Decenas de personas se mueven en todos los sentidos, con el teléfono pegado entre la cabeza y el hombro, soltando un flujo constante de palabras estridentes. Bolormaa se pregunta con quién habla tanta gente durante todo el día. Olores de fritura y arroz mezclados, un tanto rancios y desagradables, flotan en el aire, que vibra con el zumbido continuo de miles de insectos invisibles. Está tan cansada que no nota el hambre, sin embargo, tiene que recuperar fuerzas. Entra en un restaurante de comida rápida y en la barra pide unos fideos con algas y un refresco. Ve su reflejo en el espejo. Desde que vive en Italia, ha adoptado la vestimenta occidental, esto es, vaqueros y camisa, ya que es más práctico para trabajar en la fábrica y mezclarse con la multitud sin atraer miradas burlonas. Tiene un halo azulado bajo los ojos, enrojecidos tras doce horas de mantener la vista fija. Unos mechones de pelo se han escapado de su trenza y se le han quedado pegados a la frente por el sudor. Con un gesto automático, extiende los dedos como los dientes de un peine y se los aparta. ¡Esto es en lo que la ha convertido el señor Jiang! En un desecho. No tiene ganas de sentarse a una mesa rodeada de gente de Wenzhou gesticulando y hablando de trabajo. Paga la comida y se la come en la calle de camino al Prato de los italianos. Está cansada de su larga jornada laboral, pero caminar la relaja. Avanza muy erguida, con la esperanza de aliviar así el dolor de espalda. Al final de la calle se encuentra la Porta Pistoiese, que se erige como una frontera simbólica. Tira el envoltorio grasiento y la lata vacía en una papelera antes de pasar por debajo del arco medieval, que forma parte de las antiguas murallas que rodeaban la ciudad. Una vez cruzada, es como transportarse a otro mundo. Todo es más bonito. Los edificios con un enlucido escamoso dan paso a casas con una mezcla de piedras y ladrillos de terracota que les dan ese color tierra de Siena tan característico de la Toscana. Las ventanas están decoradas con postigos azules abiertos a la calle y la gente que pasea en familia parece feliz. Las parejas caminan cogidas del brazo. Chicas morenas y rubias encaramadas en tacones interminables balancean con descuido bolsas de papel estampadas con las marcas de tiendas chics. Los niños gritan y corren riendo y empujándose, mientras que las abuelas los llaman para ampararlos bajo sus alas protectoras. Es domingo, y todo el mundo está feliz de poder disfrutar de su día libre. Cuanto más se aleja de la Porta Pistoiese, menos chinos ve. Se cruza con unos pocos que se han aventurado hasta la via Ricasoli. Destacan en ese paisaje, al igual que ella, seguramente. Echa un vistazo de reojo a la *gelateria*, que sirve helados de innumerables sabores. Tiene muchas ganas de probarlos, pero nunca se atrevería a ponerse a la cola entre toda esa gente tan diferente a ella, así que pasa de largo suspirando. Los clientes sentados en las terrazas de las *pizzerie* ni se inmutan al verla. Tiene la sensación de ser invisible, de no existir. No cuenta mucho más que las gotas escupidas por el querubín de la fontana del Bacchino frente al palazzo Pretorio. Se detiene para sumergir las manos en la pila y refrescarse el rostro bajo la mirada de los ojos redondos de una paloma que se está bañando. De pronto, el horizonte se ensancha y llega a la inmensa piazza del Duomo, un placer para la vista. El espacio se abre, generoso, y la luz baña los palacios, las capillas y la catedral en una armonía de formas y colores, tanto es así que Bolormaa olvida su amargura. El campanario reina majestuoso sobre el conjunto. Pero es sobre todo la catedral de Santo Stefano lo que hechiza a Bolormaa. «Hechizar» parece ser la palabra exacta, puesto que, desde que la descubrió hace una semana, no puede evitar volver a verla cada tarde, a pesar del cansancio. La primera vez que sus pasos la guiaron hasta ahí fue al día siguiente de la discusión. No tenía ni las ganas ni la fuerza de enfrentarse a XiaoLi y su mirada de perro apaleado, llena de incomprensión. Una vez que el resentimiento se había desvanecido, había continuado sintiendo cierto malestar, algo que la carcomía por dentro, como si su complicidad se hubiese empañado. Un silencio incómodo se cernía sobre el dormitorio y, aunque volvieron a hablarse, lo hacían con un tono forzado que sonaba falso. Ambas lo notaban. A medida que pasaban los días, crecía la distancia entre ellas, fruto de la vergüenza. Bolormaa sentía muchos remordimientos y culpa, y se daba cuenta de que quizá había sido injusta con su amiga. Es verdad que su ineficaz insensatez podría haberles salido muy cara, pero fue el deseo de sacarlas de allí lo que la impulsó a cometer esa imprudencia. Bolormaa está triste. Echa de menos el consuelo de su cálida amistad. Se siente muy sola y se culpa por abandonar a XiaoLi cada tarde y empeñarse en venir corriendo hasta aquí en cuanto sale de trabajar. Al volver ha de enfrentarse a las preguntas silenciosas de XiaoLi, que no entiende por qué insiste en esquivarla. Seguramente su amiga sospecha que tiene novio. Deberá tomarse el tiempo para hablar con ella y desmentírselo. La verdad es que tener una pareja es la menor de sus preocupaciones. Está demasiado ocupada intentando pagar su deuda mediante ese trabajo agotador como para cargar además con un amante. No hay lugar para nimiedades en su vida. Prefiere la soledad para recuperarse, y luego dormir profundamente.

Durante la última semana, su único placer ha sido ir hasta la plaza de la catedral de Santo Stefano. La fachada bicolor, de *alberese* claro y serpentino, ese mármol verde típico de la arquitectura de Prato, ejerce una verdadera fascinación sobre la joven mongola y, desde que se aventuró a cruzar la emblemática Porta Pistoiese, sus pasos la llevan hasta allí. Se siente atraída como un imán. Se acerca a la esquina derecha, donde está el magnífico púlpito exterior adornado con un bajorrelieve esculpido por Donatello, que es el orgullo de la ciudad. Bolormaa no tiene ni idea de lo que es el Renacimiento, pero, divertida, observa como esos *putti* bailan bajo el capitel de bronce de Michelozzo. Retozan y se contonean formando un semicírculo. Algunos se cogen de la mano, caminan en corro, mientras que otros brincan al son de una trompeta que toca uno de ellos. Sus pequeñas alas se entrecruzan y unos velos cubren sus nalgas rollizas. Parecen estar tan vivos y llenos de júbilo que siente que en cualquier momento se escaparán del friso de piedra y saldrán a bailar por la vasta plaza. Envidia su alegría despreocupada. Cuando ya ha observado lo suficiente todos los detalles graciosos del grupo de bailarines, llega por fin al portal central. Una tarde tras otra, ese pórtico se ha convertido en su objeto principal de atracción, sobre todo el espacio entre el dintel y el arco apuntado. Le cautiva el tímpano de terracota vidriada blanca y azul, una obra de Andrea della Robbia, donde se puede ver a una madona con el Niño Jesús, rodeada de santos. Dulce y serena, le recuerda a Guanyin, la diosa que ayuda a quien lo necesita y que tiene el poder de liberar a los prisioneros de sus cadenas. Al mirarla, a Bolormaa le entran ganas de llorar. Si no hubiese tantas personas en esa plaza, autóctonas y turistas, se postraría ante ella para implorar su ayuda, convencida de que esa Virgen santa y la *bodhisattva* son una misma persona. Además, todo budista sabe bien que Guanyin puede adoptar distintas formas, tanto masculinas como femeninas. A menudo se la representa como una mujer vestida de blanco, sosteniendo un niño en brazos, como ocurre en ese tímpano, y de pie sobre una flor de loto. Aquí eso no aparece, pero es normal, en Italia no hay... A veces, incluso se la representa como un *bodhisattva* con mil brazos y mil ojos, así que ¿por qué no con una fisonomía occidental?

—Es precioso, ¿verdad? —murmura una voz a su lado.

Bolormaa se sobresalta. Perdida como estaba en su contemplación, no se había fijado en esa mujer con un moño blanco que también estaba admirando la catedral. Asustada, Bolormaa responde con un sí tímido.

—¿Entiendes lo que digo?

—Un poco. Yo estudiado Casa de las Asociaciones. Ahora, cansada. ¡Ya estoy!

—Lo haces muy bien a pesar de tener ese acento divertido... ¡pero encantador! —añade enseguida, por miedo a ofenderla.

Sin dejar de mirar la catedral, la mujer continúa:

—Aunque nací en Prato y siempre he vivido aquí, nunca me he cansado de este espectáculo. Es todo perfección. Me pregunto por qué la gente se dedica a quejarse durante todo el día cuando tiene toda esta armonía justo enfrente. Ya ni siquiera la ven.

Bolormaa se da cuenta de que es la primera vez en dos años que una italiana le dirige la palabra. Sin contar a la profesora de la Casa de las Asociaciones, encargada de enseñar el idioma a los inmigrantes chinos para fomentar su integración. Pero eso era diferente, el Estado le pagaba para que lo hiciera.

Esa mujer le ha hablado de manera espontánea y gratuita. Por supuesto, Bolormaa nunca se había aventurado a cruzar a ese lado de la Porta Pistoiese. No entiende nada del rápido flujo de palabras que brotan de su boca, pero no importa, la mujer parece estar hablando consigo misma. Como si de pronto recordara su presencia, vuelve su rostro surcado por las líneas de expresión hacia la joven.

—¿Y tú? ¿Vives en Prato? —pregunta.

Bolormaa hace un gesto hacia la Porta Pistoiese.

—Allí...

—Por supuesto, vives en el barrio chino... Me llamo Gianna, ¿y tú?

—Bolormaa.

Le sonríe. Bolormaa está feliz. Para alguien que ha pasado todo el día rodeada de rostros herméticos, una sonrisa es como un rayo de sol.

—Yo irme —dice, intimidada ante la dificultad de comunicación, pero a Gianna le trae sin cuidado, está inspirada y conversa como si su interlocutora entendiera el significado de sus palabras.

—Te he visto algunas veces en esta plaza, la próxima vez, entraremos juntas a la catedral, hace más fresco. Es muy agradable en las tardes de verano sofocantes y, además, así verás lo magnífica que es por dentro. ¡Tienes que ver los extraordinarios frescos de Filippo Lippi!

—Yo irme —repite Bolormaa, que no sabe quién es ese tal Filippo Lippi.

—Hasta mañana —dice Gianna despidiéndose con la mano.

Bolormaa le responde con una educada inclinación

de cabeza. Siente la mirada de la dama siguiéndola mientras acelera el paso hacia la via Pistoiese. Su trenza bailarina rebota rítmicamente en su espalda con cada zancada, y Bolormaa desaparece en el crepúsculo. Se encienden las farolas, que proyectan su luz amarilla sobre el barrio chino.

Es tarde, y Bolormaa se apresura a volver al tallerdormitorio, donde XiaoLi la espera sentada sobre la litera superior. Balancea sus zapatillas rosas en el aire para distraerse del malestar que siente. Tiene un diccionario italiano-chino sobre las rodillas y se aplica a copiar vocabulario en un cuaderno.

Bolormaa se deja caer sobre el colchón de abajo sin mirarla. Solo puede notar su pie rozándola con cada vaivén. Adelanta el hombro.

—¿Qué? —dice XiaoLi, ansiosa, levantando la cabeza—. ¿Dónde estabas? ¿Te estás viendo con alguien?

—No... ¿Me dejarías el diccionario de italiano mañana por la tarde?

—¡Te estás viendo con un italiano!

—¡No! —se defiende Bolormaa—. He conocido a una señora mayor muy amable. Me ha hablado, pero es difícil. No lo entiendo todo. Me gustaría intentar responder a sus preguntas, es lo menos que puedo hacer.

—Una señora mayor —suspira XiaoLi—. Pensaba que habías encontrado el amor.

—Eso no me interesa. Ya tengo suficientes problemas como para tener que cargar con un hombre que todavía me crearía más. ¡Además estoy demasiado cansada! ¡Lo único que quiero es dormir!

—El agotamiento no te impide salir corriendo todas las tardes a no sé dónde...

—Necesito relajarme mirando cosas bonitas antes de irme a dormir, todo es tan feo aquí —murmura Bolormaa bostezando—. ¿Entonces? ¿Me dejarás el diccionario?

Se hace el silencio. El tiempo se detiene unos instantes hasta que XiaoLi decide romper el momento.

—Por supuesto —asiente, magnánima—. Es de las dos y, aunque hayas preferido dejar el curso de lengua en la Casa de las Asociaciones, podemos seguir compartiéndolo... como siempre lo hemos compartido todo, ¿no?

Bolormaa se apresura a aprovechar la oportunidad que le brinda su amiga. Es tan conciliadora... ¿Cómo ha podido enfadarse con ella?

—¡Claro! —exclama con un tono vibrante de gratitud—. Perdóname por haber perdido los papeles.

—Una palabra que proviene del corazón mantiene el calor durante varios inviernos.

Bolormaa siente que la invade una reconfortante oleada de calidez y alivio inmediato.

—Todo lo que hemos vivido juntas ha creado una base sólida que no se puede romper —dice suspirando, liberada de la frialdad y el desasosiego que la carcomían.

—Tú y yo estaremos unidas por el lazo de la amistad hasta que la muerte nos separe —añade XiaoLi, feliz de poner fin a ese desafortunado malentendido.

Se inclina sobre el borde de la cama, cabeza abajo hacia la litera inferior, y le tiende el diccionario. Sus miradas se cruzan del revés y Bolormaa le sonríe.

Una parte de la nobleza de XiaoLi se queda flotando en el ambiente e ilumina con suavidad el sótano.

—La solución por la que apostaste no era la correcta, pero tienes razón, hay que encontrar una manera de huir —le dice Bolormaa, convencida.

—Por supuesto, pero es mucho más complicado de lo que pensaba. Tengo miedo de que si me voy sin pagar la deuda a la mafia, vayan tras la familia que tengo en Wenzhou. Son capaces.

—¿Qué hacemos? ¡Yo tampoco quiero morir!

—¡A veces una tumba bien hecha vale más que una vida de miseria! —susurra XiaoLi para sus adentros mientras apaga la luz macilenta.

La sombra invade las paredes descascaradas y arropa a las amigas recién reconciliadas.

Fuera, el mundo hierve a su alrededor bajo la luz de los neones y el ruido de los cláxones. La noche es caótica.

Bolormaa se despierta en mitad de la noche con un sabor agrio que hace que le pique la garganta. Oye a

XiaoLi tosiendo, pero no logra distinguirla entre la espesa humareda que las envuelve. Ve piernas que pasan corriendo por delante de la abertura de la rejilla, y los gritos invaden la calle. Unos sonidos crepitantes también. Las llamas se arremolinan en el marco de madera de la puerta. Comienzan en la esquina derecha y luego suben hasta el montante superior. Las chispas acarician la pared, encuentran el techo y entonces una llamarada ilumina la noche.

XiaoLi grita que hay que salir de allí. ¡Rápido!

Se ponen la ropa y los zapatos a toda prisa y se precipitan hacia la puerta a tientas. ¡La escalera está en llamas! Tienen que pasar de todas formas.

—Te sigo —grita XiaoLi ahogándose—. Date prisa, los escalones están ardiendo, pronto no podremos subir.

Las suelas de sus zapatillas rosas empiezan a fundirse y a quedarse pegadas.

Bolormaa sube los escalones de cuatro en cuatro expectorando; tiene los pulmones ardiendo. Un calor sofocante se instala en todas partes en ese furioso infierno. Las llamas forman una oscura y ondulante barrera. El clamor de la calle suena cada vez más cerca. Tras un último esfuerzo, alcanza la puerta, se lanza hacia delante y se desploma sobre la acera.

Los bomberos están allí, rociando el vetusto edificio. Un cordón policial retiene a la multitud e impide que corra en todas direcciones.

Tres hombres han sufrido quemaduras graves por todo el cuerpo, y una mujer tiene intoxicación por humo. Los suben a las ambulancias, suenan sirenas.

Un paramédico se lanza sobre la aturdida Bolormaa para evacuarla. Irreconocible, cubierta de hollín, poco a poco va volviendo en sí, busca a XiaoLi con la mirada, pero no la ve.

—Atrás —ruge un bombero.

En ese mismo instante, la violencia de las llamas provoca el derrumbamiento de una parte del taller.

—¡XiaoLi! —grita Bolormaa, que forcejea para deshacerse del paramédico que la retiene.

Forcejea, golpea, araña e intenta lanzarse hacia ese gran horno en llamas. Un médico le administra un calmante. Bolormaa no nota la aguja penetrando en su brazo. Grita con todas sus fuerzas, berrea de dolor, llora.

—¡XiaoLi no! ¡No puede haberse quedado en el incendio! ¡No está dentro!

Sobre el asfalto negro, ceniciento y mojado yace un mar de botones. Cientos, miles de botones, de todos los tamaños, materiales y colores. Un arcoíris multicolor, arqueología moderna. Una marea de botones naufragados en la Pompeya china de Prato.

14

Barniz

Las amapolas rojas de pasión,
violenta y llameante, con el viento
esparcen sangre, agitan su blandón
a almas solas de triste sentimiento.

Gianna Ricci se ajusta un pasador en el moño blanco dirigiendo una mirada preocupada a través de la vitrina. Por fin ve llegar a Matteo con paso despreocupado. Lleva las manos en los bolsillos y parece que esté paseando mientras se dirige a la galería Vega. Finge no tener prisa, a pesar de estar conteniendo las ganas de correr. Mira de reojo el cartel con grandes letras negras sobre fondo rojo que hay en el escaparate.

MATTEO FONTANA EXPONE
DEL 15 DE JUNIO AL 15 DE JULIO

Un caballete orientado hacia la calle sostiene uno de sus lienzos.

Gianna, febril, sale a su encuentro en el umbral de la puerta.

—Date prisa —le dice—, ya hay dos periodistas que quieren entrevistarte.

—Déjame disfrutar de los últimos rayos de sol...

—El sol va a seguir estando ahí mañana —replica—. Hoy es un día de suma importancia, ¿no lo es también para ti?

—Una vez que he terminado y firmado los cuadros, ya no me pertenecen, forman parte del pasado —responde con falsa indiferencia.

—¡Vamos! —lo interrumpe ella, que no se deja engañar, mientras lo conduce al interior—. No me creo que no estés un poco nervioso. Estate tranquilo, todo lo que he oído son halagos.

—No va a ser fácil moverse aquí dentro —señala mientras se abre paso entre la multitud ayudándose con los codos.

Un fuerte olor a barniz flota en el aire. Es porque Gianna Ricci, experta en el arte de escenificar eventos que luego dan que hablar, quería un *vernissage* a la antigua usanza, con el objetivo de dar mayor visibilidad y publicidad a la exposición. Tal y como se hacía antes, los cuadros que se iban a exponer han sido barnizados *in situ* antes de la apertura oficial y la visita del público. Ha organizado un evento social al cual asistirán invitados especiales, periodistas, críticos, compradores, políticos, empresarios, pero también amigos, gente que tenga algún tipo de vínculo con el artista.

Matteo está impresionado. Es innegable, Gianna Ricci es una persona influyente con una larga lista de contactos. Sus cuadros están perfectamente instalados, colgados en rieles cubiertos con lino crudo. Los focos, que reproducen la luz natural, los realzan. Los bancos de terciopelo granate contribuyen a la flamígera atmósfera de las pinturas. Un soplo de pasión desenfrenada golpea las paredes.

«Qué hermoso tono general, qué brillo incendiario avivado por los reflejos de la paleta de rojos». Matteo va oyendo los comentarios de los espectadores. Al entrar eran discretos, pero ahora sus voces suenan altas y claras, todo elogios.

—¡Qué éxito!

—¡Tiene tanto talento!

—Y pensar que las malas lenguas decían que estaba acabado…

—¡Se ha hecho esperar!

—La espera ha valido la pena.

Matteo siente una gran euforia, se le hace un nudo de alegría en la garganta, sin embargo, finge indiferencia. Piensa emocionado en su involuntaria musa, la pelirroja cuyo nombre desconoce. Le invade el deseo de volver a verla. Una veleidad de darle las gracias por todo. Había imaginado que dicho anhelo se desvanecería una vez finalizada la obra, pero ahora todas esas pinturas febriles reavivaban una atracción en su interior.

En medio de la habitación se encuentra el suéter de cachemir manchado. Gianna lo ha colocado con destreza en un maniquí y lo ha iluminado de tal manera que parece expandir su color hacia los cuadros que hay en las paredes. Esa prenda es la estrella de la exposición. Todavía se puede distinguir su belleza inicial bajo las salpicaduras y las manchas. El público está desconcertado. Gianna explica a los asistentes que esa prenda de cachemir es la chispa que ha avivado el fuego de la creación. Todo el mundo aplaude extasiado. Diana, la joven trabajadora de la galería, se ocupa de abastecer a esos privilegiados y vela por que no les falte de nada. Bandejas de canapés y champán circulan entre los distinguidos invitados. Los presentes se los meten en sus bocas redondas, por las que sueltan excéntricos comentarios, propios de los incompetentes que juzgan la pintura con pedantería burguesa. Aquí y allá, un soplo de discreta lucidez contrasta con el énfasis general, algún análisis racional que se abre paso entre discursos excesivos. Un crítico se ha parado en seco, concentrado, asombrado.

Gianna, con un traje sobrio, contempla satisfecha su

pequeño mundo. Su moño blanco se desplaza de un invitado a otro, y tiene palabras educadas para todo el mundo. Calcula mentalmente los beneficios de los cuadros que ya han sido vendidos. La galería está salvada, al menos por un tiempo. La obra maestra de su fénix Matteo permitirá que toda una generación de jóvenes pintores, debutantes y sin dinero, puedan exponer también.

La inauguración fue todo un éxito.

Los invitados se quedaron en la galería hasta bien entrada la noche, sorbiendo de sus copas de champán.

Por la mañana, Gianna se despierta con dolor de cabeza, quizá debido a los disolventes del barniz, aunque puede que la culpa la tenga la bebida. Sea lo que sea, no arruinará su buen humor. Se dirige al baño y se toma un paracetamol. Oye a Diana en la cocina, que le grita:

—Buenos días, señora, he preparado café y he dejado los periódicos. Bajo a abrir la galería.

—Gracias, Diana, ¡eres un sol!

Después de ducharse, Gianna, envuelta en un albornoz de rizo, se sienta a la mesa del desayuno y abre el primer diario mientras se toma el café. Hace una mueca. Está amargo, pero la espabila. Va directamente al apartado «Cultura».

Matteo Fontana hace estallar la galería Vega

Sonríe ante el juego de palabras del periodista y lee el artículo en diagonal. Es perfecto, todo elogios. Suspira aliviada, cierra el periódico y extiende la mano para coger otro. Su mirada se detiene en el titular de la primera página.

Por lo menos cinco muertos en el incendio de una fábrica china

Una silenciosa preocupación se apodera de ella y le crea un nudo en el estómago. Ha pensado inmediatamente en su amiga de la piazza del Duomo.

Todavía se desconoce la causa del incendio, pero las llamas provocaron el derrumbe de una parte del edificio, un taller de costura y los microdormitorios que utilizaban los trabajadores chinos, catorce en total.

La identificación de algunos de los cuerpos carbonizados resulta muy difícil.

El alcalde, los responsables de la agencia sanitaria local y la policía explican que prácticamente en cada inspección acaban interviniendo esos locales. Pero por mucho que hagan trescientos controles, hay miles de fábricas, y brotan como champiñones, sin siquiera molestarse en parecer fábricas.

La tragedia acaecida ayer ha sido una pequeña Lampedusa. Ha arrojado luz sobre la realidad de la China de Prato. Lástima que se trate de la luz de un incendio.[1]

Gianna intenta calmarse mientras se termina el café. Hay miles de personas en esa zona, ¿por qué tendría que haber afectado a Bolormaa? No puede ser ella. «No creo en ese tipo de coincidencias», piensa, sin embargo, no logra deshacerse del malestar que se ha instalado en su interior. La persigue durante todo el día. Se lo lleva consigo a la galería, la perturba mientras intenta organizarse el trabajo. Responde a los curiosos con voz apagada. Siente una tensión latente que crece con cada minuto que pasa, un *leitmotiv* pernicioso que la tiene con el corazón en un puño. Se siente mal, mira por el rabillo del ojo el reloj, que parece que se burle de ella con ese ritmo tan lento.

Por fin llega la hora de cerrar. Una vez que se han ido los últimos visitantes, guarda los folletos, los trípticos, endereza un marco tambaleante, estira algunas arrugas del suéter de cachemir rojo que lleva puesto el maniquí y se pone la chaqueta para salir. Necesita deshacerse de esa angustia, de lo contrario prevé una noche arruinada por el insomnio.

[1] Extracto de un artículo de *Courrier international*.

Tiene que comprobar con sus propios ojos que es estúpida y que todo está bien.

Tiene que ir a la piazza del Duomo y hablar con esa chica que no se puede sacar de la cabeza.

15

Hollín

¿Quiere el destino quitar por condena
lo que un día ofreció a modo de consuelo?
Mi corazón son escombros, morrena,
yacen los restos del glaciar del duelo.

Son las tres de la tarde. El forense sale del antro todavía humeante. Ha localizado tres cadáveres, o mejor dicho, lo que queda de ellos.

—Hay una mujer —informa a la policía—. En cuanto a los otros dos, de momento no puedo decirlo con seguridad.

Han llegado bomberos de toda la provincia. Trabajan sin descanso desde medianoche para evitar que el incendio se propague a los edificios vecinos y temen que los escombros escondan otros cadáveres.

Ya se han llevado cuatro cuerpos a la morgue. El número de víctimas mortales asciende ahora a siete.

Bolormaa lleva doce horas postrada en un rincón del portal. Escondida gracias al ángulo de la pared, observa el desarrollo de los acontecimientos. Está en primera fila y, sin embargo, nadie se fija en ella. Todo el mundo está demasiado ocupado. No se ha movido ni un pelo desde hace horas, petrificada junto a la pared gris.

—Hemos visto una columna de humo y hemos corrido hacia esa dirección —explica un carabinero para la televisión local—. Había un hombre y una mujer chinos cubiertos de hollín. Gritaban, salían llamas de la bodega.

—Esta tragedia no me sorprende en absoluto —declara con cinismo el responsable de seguridad del ayuntamiento—. Ya hemos avisado en muchas ocasiones del peligro que suponen estas fábricas-dormitorio con instalaciones eléctricas antiguas y abarrotadas de gente que fuma sin parar.

Llega el presidente de la región de la Toscana y toma la palabra:

—¡Todos somos responsables de esta tragedia, de esta deshumanización que se da todos los días en el infame distrito de la confección! —recalca con énfasis a los periodistas, que garabatean en sus cuadernos.

Las cámaras graban, se acercan micrófonos.

Un murmullo de indignación se extiende como una ola entre los presentes.

El prefecto de Prato hace unas declaraciones para los periodistas al tiempo que sacan a las últimas víctimas sobre camillas cubiertas con sábanas. Los paramédicos las han dejado sobre el asfalto mientras la ambulancia se acerca con precaución entre la multitud, que se aparta.

Todavía agazapada en el rincón de la pared vecina, Bolormaa, inmóvil, sigue la escena con la mirada. Solo se mueven sus ojos, en una interminable espera. De pronto deja escapar un gemido y se lleva las manos a la boca para retener un grito de dolor. De debajo de la sábana que cubre uno de los cadáveres sobresale un pie. Un pie quemado con una zapatilla ennegrecida. Una zapatilla en la que todavía se puede distinguir un poco del color rosa original bajo el hollín. Se obliga a no gritar. Querría correr hacia ella, pero no puede hacerlo. Tiene la sensación de que una mano invisible la mantiene anclada al suelo y una voz le ordena que se calle. No entiende qué es lo que la paraliza. Llora en silencio, echa un ovillo, pero querría gritar. Con el corazón desgarrado, asiste impotente a la evacuación de los fallecidos. La ambulancia engulle el cuerpo de XiaoLi y arranca el motor, abriéndose paso entre el tumulto que se amontona a su alrededor.

Se ha acabado.

Sin embargo, Bolormaa todavía puede sentir por todo su cuerpo esa energía que XiaoLi desprendía. Esa batería eléctrica con la que Bolormaa se recargaba para animarse, para infundirse valor cuando tocaba afrontar desafíos; esa fuerza que la ha pegado al suelo y la ha amordazado, ese impulso que le ha susurrado que guardase silencio. Y ahora que el bullicio se ha reanudado y nadie se preocupa por ella, ¿qué es esa energía que la obliga a levantarse?

Estira suavemente las piernas agarrotadas, da unos pasos, pegada a la pared, y se desliza entre la muchedumbre, mezclándose, disolviéndose.

—¡Ahora, corre! Desaparece para siempre —le dice la voz.

Corre por toda la calle y cruza la Porta Pistoiese. Nota los latidos golpeándole con fuerza en las sienes. «¡Más rápido, más rápido!».

Llega a la piazza del Duomo, se abalanza hacia la entrada de la catedral de Santo Stefano y se desploma sobre los escalones, justo debajo del tímpano de terracota blanco y azul de Andrea della Robbia. Se encomienda a esa madona que se parece a Guanyin. La voz de la diosa que tiene el poder de romper las cadenas de los prisioneros se ha mezclado con la de XiaoLi. Bolormaa sabe que su amiga la ha conducido hasta aquí. Su espíritu, liberado y movido por una compasión sin límites por los seres que sufren, la ha llevado como una pluma al viento. Le ha mostrado el camino para escapar del señor Jiang y la Tríada, para huir de su deuda y de la esclavitud.

XiaoLi ha muerto para que Bolormaa pudiera ser libre.

El señor Jiang no la buscará, no hará daño a su familia. Tendrá otros problemas que solucionar con la policía. El señor Jiang pensará que está carbonizada.

Al caer la noche, Bolormaa distingue la silueta de la mujer italiana cruzando la plaza en dirección a la catedral, esquivando turistas y lugareños con aire preocupado. Escudriña la multitud a su alrededor, como una gallina girando la cabeza en todas direcciones. Tiene el ceño fruncido. Bolormaa no se ha movido de la entrada, está apoyada contra el pórtico, aturdida. Permanece postrada y ni se inmuta cuando la mirada de Gianna se cruza con la suya y se queda helada de asombro; ni cuando sus dedos se posan sobre su pelo quemado y lo acarician desconcertada.

—Ven —le dice simplemente, y Bolormaa se levanta.

Bolormaa la sigue sin mediar palabra mientras la mujer la guía por calles desconocidas por las que nunca se ha atrevido a caminar. Hay tiendas, neones, luces, palacios. Gianna se detiene delante de una galería de pintura. Busca las llaves y le indica a Bolormaa que entre por una puerta lateral. La sujeta para ayudarla a subir la escalera que lleva hasta su piso. La joven, agotada, ya no piensa en nada. Se bebe el té que Gianna le prepara, pero se niega a comer. El salón es grande, luminoso y elegante. Nunca ha visto nada parecido.

El agua caliente de la ducha es como un bálsamo para su cuerpo y su corazón magullados. Observa como regueros negros de hollín se deslizan hasta el desagüe. Se queda mirando el agua sucia mientras fluye, arrastrando los vestigios de aquel infierno. Sus lágrimas se mezclan con el monótono chorro que cae de la ducha inundándole el rostro, aguándole el alma, hasta desaparecer por el sumidero. Su larga melena destrenzada le gotea por la espalda. Después de un tiempo infinito liberando su conciencia de todo lo que la mancillaba, purgando su mente de los elementos nocivos que la abarrotaban, alcanza la toalla de baño que Gianna le ha dejado sobre el lavabo y se envuelve en la blancura inmaculada del tejido de rizo.

Bolormaa se deja hacer, dócil, mientras Gianna pasa el cepillo y el secador a lo largo de su cabellera, la desenreda y luego la entrelaza en una trenza, haciendo revolotear los tres mechones entre sus dedos como mariposas negras.

Sigue a Gianna hasta un amplio dormitorio con una cama mullida que acoge su cuerpo abatido como en un nido esponjoso. Con cada inspiración, su fatiga disminuye y ella se relaja. Le pesan las piernas y los brazos, tiene la sensación de hundirse en el colchón. De escapar un momento del sufrimiento, solo por unos instantes. De deshacerse de la tensión que siente en la espalda y vaciar la mente de todo lo que le da vueltas. Cierra los ojos y enseguida se encuentra volando con total libertad por encima de las explanadas multicolores de la estepa bajo el sol poniente. Respira el aroma de las hierbas y las flores, que se eleva en la bruma vespertina hacia el cielo azul oscuro, arañado por una amplia y persistente franja dorada. Y, de nuevo, la inmensa llanura, empapada por la nieve derretida, se extiende hasta donde empiezan las montañas, sedosas, intactas, eternas. Una brisa vigorizante le pellizca las mejillas enrojecidas por el aire fresco. Las estrellas se iluminan allí donde casi no alcanza la mirada y la luna llena marca el centro del mundo con su sello luminoso. Los cascos de los caballos al galope resuenan en sus oídos y pasan a toda velocidad levantando una nube de polvo, en dirección a los rebaños de cabras, que esperan allí arriba, en las cumbres todavía nevadas. El canto de los grillos sustituye poco a poco al de los pájaros, y el croar de los sapos retumba en los estanques. Estridulaciones, chirridos, silbidos, todos esos sonidos resuenan en su sueño como una amorosa canción de cuna.

Cuando Bolormaa abre los ojos, no entiende nada. Durante unos segundos flota en ese desconocido y refinado decorado con paredes lacadas de color gris perla. La luz diurna se filtra entre las persianas, moteando el edredón con rayitas de sol y ella intenta vislumbrar algo familiar. Entonces la realidad vuelve y la abofetea con violencia. ¡XiaoLi!

Gime desconsolada, el dolor le ha ganado el protagonismo al sueño.

Hunde la cara en la almohada.

¿Cómo podrá vivir sin ella ahora?

Querría morir ella también. «¿Por qué me has dejado? El camino más largo es el que se recorre solo», piensa mientras llora.

Oye unos pasos que se acercan, suena un ligero golpe en la puerta, pero se refugia bajo el edredón esperando que se olviden de ella. No quiere ver a nadie. Gianna le coge la mano con firmeza, la sacude un poco.

—Despierta, Bolormaa, el desayuno te espera.

Bolormaa esboza un gesto que indica mareo, náuseas. Está abrumada, destrozada. Gianna entiende cómo se siente por su actitud de niña perdida. Intuye que necesita que la tranquilicen.

—Pasará —murmura—. Podemos resignarnos a vivir con un recuerdo doloroso. Ven a comer. Solo un poco...

Y Bolormaa obedece. Débil, siente como si flotara dentro del pijama de satén blanco de Gianna. Se arremanga y se sube el pantalón hasta la cintura para no pisar los bajos. En la mesa de la cocina hay tostadas, mermelada de albaricoque y té humeante. Intenta mordisquear un trozo de pan; no tiene hambre, lo aparta.

Gianna, preocupada, continúa hablándole con una voz dulce, preguntándose si la entiende. Sospecha que ha vivido horrores y está traumatizada.

—Puedes quedarte aquí un tiempo —le dice—. Me harás compañía y me ayudarás con la galería. Mis hijos viven en Estados Unidos y aquí estoy muy sola. Podemos unir nuestras dos soledades si quieres.

Bolormaa asiente. Ahora que sus temores se van calmando, puede percibir otras sensaciones en su interior.

Es libre.

Se ha liberado.

El señor Jiang ya no puede hacerle nada.

Sabe que XiaoLi sigue allí, a su lado, invisible para los mortales. Se la imagina susurrándole proverbios que solo ella puede oír.

«Quien ha soportado sufrimiento tras sufrimiento está por encima del resto, asimismo, cuando la suerte está de tu lado, hay que saber aprovecharla».

Bolormaa oye su voz en su interior, no la abandona.

Se viste con unos vaqueros y un jersey de Gianna. Le van demasiado grandes, pero qué más da. Su anfitriona recoge su ropa impregnada de hollín y del olor agrio y persistente del humo. Abre la puerta de la lavadora y se dispone a introducir las prendas cuando Bolormaa deja escapar un grito ronco. El primer sonido que emite es tan desgarrador que Gianna se detiene en seco y se queda paralizada con la ropa colgando de la mano.

Bolormaa se abalanza sobre sus viejas prendas, rebusca en el bolsillo, entierra los dedos y saca un trozo de papel ennegrecido y arrugado. Está tan dañado que casi bastaría con soplar para que se convirtiera en polvo. Se lo entrega a Gianna.

—¿Dónde? —articula—. Mujer italiana… yo trabajo.

A Gianna le resulta muy complicado descifrar lo que queda de legible en la tarjeta. Una dirección y un nombre, a medias.

Gianna la mira, sorprendida por esos ojos rasgados llenos de esperanza que la observan fijamente. Son tan intensos que siente como si dos bengalas la quemaran. Entiende que ese pedazo de cartulina es vital para ella y que representa mucho más que el fragmento de una dirección; lo que la joven sujeta entre las manos es un destino.

—¡La encontraremos! —le asegura a la chica, que está pendiente de cada una de sus palabras.

Bolormaa respira.

XiaoLi vela por ella.

Gianna ha decidido mantener a Bolormaa ocupada en la galería a primera hora de la tarde para distraerla. Le preocupa verla postrada en el sofá del salón.

—Esta es Diana —dice presentándole a la mujer joven, que las atiende entre visitante y visitante—. Ella te enseñará a meter las invitaciones en los sobres para la próxima exposición.

Pero Bolormaa ya no la escucha. Le ha dado la espalda al escritorio y la pila de tarjetas impresas y ahora se dirige con paso vacilante hacia el centro de la galería. Con la tez lívida, avanza como un robot hasta el maniquí vestido de rojo. Tiene la boca abierta, pero no emite ningún sonido. Coge la prenda de lana, la saca del soporte e, incrédula, la abraza contra su corazón.

Gianna y Diana la miran sin entender por qué llora mientras aferra el suéter con los dedos entre los puntos de lana.

—Mío —murmura—. ¡Mío! ¡Mío! —repite como un loro estrechando el suéter.

—¿Quieres decir que te pertenecía? —pregunta Diana acercándose.

—¡Yo, yo lo he hecho! Cabras mías... ¡Bee... bee!

—¿Tú lo fabricaste?

Bolormaa asiente con la cabeza mientras lo acaricia. No le importa que haya pasado por tanto, que esté manchado, roto, deshilachado... es su prenda de cachemir tejida con el vello de sus queridas cabras. Las del rebaño de sus hermanos, Tsooj y Serdjee. Se acuerda de su padre, Batbayr, que para recompensarla por su trabajo le permitía quedarse el vellón de los cinco primeros animales que peinaba. Se acuerda de su abuela, que le enseñaba a teñir con las plantas de la estepa. Llora, negándose a soltar el jersey, desgastado, feo, pero con una suavidad proveniente de los recuerdos de su infancia.

—Quédatelo —dice Gianna—. Al fin y al cabo, la exposición ya no lo necesita. Es tuyo.

—Gracias —susurra Bolormaa mientras se dirige hacia el escritorio, todavía abrazando la prenda de cachemir, que había vuelto a acurrucarse entre sus brazos como por milagro.

Piensa en secreto que XiaoLi se la ha devuelto.

CACHEM...DE LA ESTEPA SALV. JE

ALESS..DRA Y GIUL..

..., VIA DEI CALZAIUOLI

F......

Gianna descifra una vez más los restos de la tarjeta de visita ennegrecida por el hollín; la ha tenido que descodificar como si se tratase de un jeroglífico.

—Debe de estar en esta calle —le dice a Bolormaa, que la interroga con la mirada.

Avanzan escudriñando los locales hasta llegar a la tienda que, encajada entre una perfumería y una marroquinería, exhibe sus prendas de punto en el escaparate. Bolormaa suelta un grito. Se acerca corriendo y aplasta la nariz contra el cristal. Con un nudo en la garganta, examina la decoración de inspiración mongola, con los paneles cubiertos con pieles de yak y el mobiliario de madera pintada, pero sobre todo, oh, sobre todo... los suéteres, los chales y los abrigos de lana, hechos del cachemir más hermoso, como el del rebaño de su padre.

Sin esperar a Gianna, empuja la puerta de la tienda y las campanillas de la entrada suenan como si entrara toda una manada de animales. Sin dudar lo más mínimo, va hacia el escaparate y estira el brazo para tocar la suavidad de la fibra. Entierra la nariz en el tejido, en busca del olor de las *Capra hisca*. Se frota las mejillas contra la lana pronunciando palabras extrañas. La vendedora se queda atónita y Gianna, avergonzada, le entrega el trozo de tarjeta medio calcinada.

—No lo entiendo —dice Giulia—. Espere un segundo, voy a avisar a mi compañera... ¡Y dígale a la señorita que no se seque las lágrimas en las prendas!

Alessandra aparece por la puerta de la trastienda, seguida de Giulia, que la ha avisado de que una chica mongola se estaba comportando de una manera extraña en su escaparate.

Alessandra la observa unos segundos, buscando en su memoria algún hilo del que tirar. ¿Quién es? Su cerebro cavila. Bolormaa pronuncia algunas palabras incomprensibles... Desesperada, abre su bolsa, rebusca dentro y saca un trapo rojo y lo zarandea delante de ella.

—¡El cachemir rojo! —exclama Alessandra, como si hubiese gritado «¡Eureka!».

Giulia, disgustada, se acerca.

—¡Está en muy mal estado! —se lamenta—. ¡Y pensar que no querías venderlo! ¡Ni siquiera querías que nadie lo tocara! Y vas tú y te lo llevas... ¡para que acabe así! ¡No hacía falta todo ese espectáculo! —dice con un tono recriminatorio.

Alessandra sacude su melena pelirroja y finge no haber oído los reproches de su amiga, porque en su interior reside un sentimiento de culpa por ese suéter y su comportamiento imprudente.

—¿Eres la chica del mercado de Ordos? —pregunta.

—Sí. Yo Bolormaa —responde quitándole los restos de la tarjeta amarronada de la mano a Giulia para dárselo a Alessandra—. ¡Yo trabajo aquí!

—Me acuerdo de ti, Bolormaa —dice Alessandra y, girándose hacia Gianna, añade—: Venid conmigo, tenemos mucho de lo que hablar. Será mejor con una taza de té.

Alessandra piensa en el encuentro de una noche con el pintor, que desapareció sin dejar ninguna dirección, llevándose su suéter de cachemir, y ahora, por un giro del destino, vuelve a dar con él. ¿Es realmente el azar el responsable de todo eso? Casi podría llegar a pensar que un poder sobrenatural lo ha traído hasta ella.

Le hace una seña a Giulia y después invita a sus dos visitantes a pasar a la trastienda.

En cuanto se va el último cliente del día, Giulia cierra la persiana metálica y se apresura a reunirse con Alessandra, Gianna y Bolormaa. Siente curiosidad puesto que no las ha visto aparecer desde hace más de dos horas. Las descubre enfrascadas en una animada conversación. Incluso Bolormaa, superando su timidez, se atreve con algunas frases tambaleantes, ayudándose de la mímica.

Gianna ha explicado cómo se conocieron, el incendio, la galería, el pintor y el suéter rojo.

Bolormaa les ha hablado de su viaje, el tren, el camión, el barrio chino y XiaoLi.

Alessandra les ha confiado sus problemas; la crisis económica; el creciente interés de los consumidores chinos por los productos de lujo; las dificultades de abastecimiento; el precio del cachemir, que se ha duplicado; la disminución de los rebaños a causa de los inviernos cada vez más duros y la prohibición de dejar que las cabras pasten en libertad por la erosión de los suelos en Mongolia Interior.

—Las fábricas de Ordos compran toda la lana a las

granjas que crían centenares de animales en cercados a las puertas del desierto de Gobi. Cada vez resulta más difícil conseguir lana para nuestra tienda —se lamenta Alessandra—. No puedo más —suelta al fin, aliviada por poder hablar de ello—. Puede que tengamos que cerrar...

Giulia la escucha, con un nudo en la garganta. Intuía que había problemas, pero no se imaginaba que la situación fuese tan alarmante.

La *boutique* lo es todo para ellas, la concibieron con mucho amor, como si fuera su bebé. Sentirían una pena inmensa si la tienda tuviese que cerrar.

Alessandra había intentado ocultarle dicha tragedia, esperando un milagro. ¿Era el momento de tomar la decisión?

Bolormaa lo ha entendido todo.

Se siente conectada con sus dificultades y percibe los lazos invisibles que las unen. «¿Por qué lanzarse al agua antes de que la barca haya naufragado?».

Una esperanza salvaje brota en su interior. Piensa a toda velocidad. Una posibilidad se va transformando en convicción. Pero ¿cómo podría explicárselo? ¡Tiene que intentarlo!

Piensa en su padre, en sus hermanos pastores, en las cabras que vendieron y que ya no tienen. Puede ver sus montañas nevadas, la primavera en la estepa y la recolección de lana. Todo podría volver a empezar. Tiembla de excitación. También de miedo.

Un silencio angustioso se cierne sobre ellas. Todas callan, amordazadas por la emoción.

Delante de ellas, sobre la mesa de café, en medio de las tazas de té, la prenda de cachemir brilla incandescente. Encima, con delicadeza, reposan los fragmentos de la tarjeta, polvo de hollín.

Epílogo

Aguas claras y praderío salvaje,
ondulante y de espejismos nimbado.
En las montañas las rocas de encaje
dan a la nieve un brillo delicado.

Bolormaa está sentada delante de su escritorio de diseño de cristal y acero. Apunta en un cuaderno el resultado de las pruebas de color que contienen los pequeños frascos etiquetados y colocados en una hilera sobre la mesa del laboratorio.

Han pasado cinco años desde el incendio del barrio chino, y sin embargo, el aura de XiaoLi sigue resplandeciendo en su interior. Bolormaa ha aceptado la fatalidad. La vida del ser humano en la tierra es como un caballo blanco saltando una zanja y desapareciendo de repente. Una sonrisa solo dura un instante, pero su recuerdo es dulce y agradable, y la sonrisa de XiaoLi la llena de su fuerza y coraje. Ha estado presente en cada etapa de su nueva vida. Dicha energía espiritual la ayudó a convencer a Giulia y Alessandra para que tomaran las decisiones correctas.

Con el apoyo de algunos colaboradores de confianza competentes y con quienes compartían las mismas motivaciones, rediseñaron por completo el funcionamiento de su empresa y plantearon unas nuevas bases.

¡Les hizo falta mucho valor para volver a empezar de cero! Pero permanecieron juntas y se enfrentaron a la adversidad; hicieron girar las tornas combatiendo la mala suerte. ¿Las fábricas chinas compraban toda la lana causando problemas de abastecimiento y disparando el precio de los productos finales? ¡No hay problema! Desde ese momento, Alessandra y Giulia ya no importan ningún suéter ni ningún tejido manufacturado en sus fábricas.

Han montado un taller de transformación en plena campiña toscana, rodeado de olivos y viñedos.

Todo se hace de manera local en su oasis de lujo y calma, en el corazón de la exuberante naturaleza.

En su nuevo taller se fabrican solo cinco jerséis por día. No tienen ningún tipo de publicidad, pero sí cuentan con un boca a boca exponencial. Cada suéter es personalizado. ¿Su única condición? Que el resultado sea más bonito de lo que el cliente espera. Hacer un pedido lleva una media de una a dos horas. Se centran en lo que desea el cliente. Se le toman todas las medidas. La espera es de unos dos meses. Las prendas son indestructibles, lo que relativiza su coste. A menudo reciben visitas de periodistas intrigados por su proyecto y el éxito obtenido. Giulia, encargada de las relaciones públicas, es quien les proporciona la información que necesitan.

—Ya no le tememos al filón oportunista de las prendas de punto *low cost* del que se aprovechan muchas marcas de exportación china —declara, serena—. El cachemir de gama baja caerá.

Con la ayuda y la experiencia de Bolormaa, de su padre, Batbayr, y de sus hermanos, Tsooj y Serdjee, consiguen traer a Italia la preciada fibra, que seleccionan directamente de pequeños productores nómadas, pero también, y eso es algo nuevo, la lana de yak, que permite confeccionar prendas muy cálidas y rústicas que sus clientes adoran. Han desarrollado el negocio de forma ética, pues han priorizado la calidad y el pago justo de los ganaderos.

—Nuestras prendas son tan suaves como una segunda piel —explica Giulia—, ¡es como una droga! Más que ropa, son verdaderos objetos de transición, como dirían los psiquiatras —añade riendo mientras se dirige a los periodistas atónitos—. Son como peluches que crean adicción.

Alessandra y Giulia tienen contratadas a una veintena de trabajadoras especializadas y les pagan sueldos decentes.

Al entrar en el gran edificio de piedra ocre en el que se han instalado, en el corazón de las suaves colinas toscanas, sorprende la serenidad y la dedicación de esas trabajadoras, que examinan y controlan cada punto de cada prenda en una atmósfera de recogimiento casi ascética.

—Ha habido veces en las que nos hemos pasado más de diez minutos preguntándonos si debíamos meter hacia dentro un hilo que colgaba o empezar de nuevo —confiesa Giulia—, porque no toleramos ningún fallo. Después la ablandamos de por vida sumergiéndola en agua pura de manantial que brota de entre el esquisto de la colina y desemboca directamente en nuestro estanque —dice señalando una fuente con su amplia pila de mármol blanco de Carrara.

Las trabajadoras van hundiendo las manos con frecuencia para determinar el momento exacto en el que tienen que volver a sacar la prenda. Todo se hace al tacto, porque ninguna máquina puede sustituir la sutileza de unos dedos rigurosos.

La belleza del bucólico paisaje de la Toscana queda enmarcada en los ventanales como un cuadro renacentista. La estética y la calma del lugar se transfiere a los gestos de las trabajadoras y hace de sus obras unos productos que alcanzan la perfección. Ningún detalle se deja al azar con tal de garantizar la armonía general y la plenitud.

—¿Cómo se puede fabricar algo de calidad en un ambiente horrible e inhumano? —pregunta a modo de conclusión Giulia a unos periodistas impresionados, que seguro que realizarán un reportaje elogioso.

Alessandra y Giulia aprovecharon la oportunidad para establecer lo que ahora es su imagen de marca. La salvación acudió a ellas en forma de Bolormaa, que les lanzó un bote salvavidas. Fue el golpe de suerte que las tres esperaban, una confluencia de posibilidades, un cruce de destinos.

Le pidieron a Bolormaa que repitiera los gestos ancestrales de su abuela. Reprodujo el tinte rojo a base de hojas, raíces y flores, y creó otros.

El aprendizaje de la infancia había quedado grabado en su corazón.

A pesar de que las estrellas del mundo del espectáculo siguen formando parte de su clientela fiel, para Alessandra y Giulia, en su *boutique* Cachemir de la Estepa Salvaje de Florencia, cada cliente es una estrella y no hay tratos de favor.

Entre las prendas de punto de color blanco, beis, topo o gris, se encuentran las más exitosas, las que atraen todas las miradas, las más codiciadas, aquellas cuya fabricación se mantiene en secreto, las «rojo Bolormaa»; no tienen parangón. Son un absoluto triunfo, la guinda del pastel, y hay una larga lista de espera para obtener esos objetos tan deseados.

Alessandra y Giulia planean abrir una nueva tienda en Roma y, por qué no, en París.

Su entusiasmo ya no tiene límites.

—¿Estás preparada? —pregunta Alessandra desde el marco de la puerta del laboratorio—. En media hora Matteo nos lleva al aeropuerto.

Bolormaa levanta la vista, sorprendida, y mira el reloj; no se había dado cuenta de la hora.

—Dame unos minutos —responde en un italiano perfeccionado.

Alessandra se retira para disfrutar de un último momento de intimidad con Matteo. Será su primera separación desde la boda. Han vivido esa aventura en una simbiosis total, y ahora toca aprender a estar separados para que luego el reencuentro sea mejor.

Bolormaa cierra su cuaderno de notas y enciende una varilla de incienso para la estatuilla de Buda, que sonríe sobre la flor de loto. Medita unos instantes. Piensa en XiaoLi. «En los días de abundancia, acuérdate siempre de los días de pobreza», parece susurrarle.

En el centro de la pared blanca del laboratorio está su prototipo enmarcado en cristal.

El cachemir rojo.

Es el símbolo del increíble y milagroso viaje que lo trajo hasta aquí, hasta sus manos.

Se pone la chaqueta de traje gris debajo de la cual lleva un polo fino que ella misma ha confeccionado. Ha cambiado la trenza por un moño apretado que le confiere un aspecto serio. Esboza una sonrisa, feliz ante la perspectiva del viaje.

Acompaña a Alessandra, que va a Mongolia Interior a hacer su pedido anual. Va a ver de nuevo su amada tierra; cogerá por primera vez en su vida un avión y, en veinticinco horas, hará el camino inverso. Ese camino tan largo, difícil, lleno de escollos y de sufrimiento que recorrió durante semanas con angustia, miedo, pero también con esperanza.

Sabe que en esa época del año la estepa resplandece bajo un cielo ultramarino, violenta, ensangrentada por las amapolas y moteada por todas esas flores que perfuman el aire cargado de polen. Las alondras vuelan en espiral sobre la hierba alta y los tábanos acribillan las grupas de los caballos. A veces, al final del día, un resplandor cálido surca el paisaje, pero no dura demasiado. Casi nunca llueve en verano. Nada interrumpe el incesante zumbido de los insectos. Imagina el sol purpúreo descendiendo en el horizonte y la noche extendiendo su manto de terciopelo estrellado hasta el infinito.

Es la hora en que su madre, Enhtuya, se afana en los fogones y el aroma del estofado de yak cosquillea las fosas nasales de los impacientes. Es el momento de reunirse alrededor del fuego y que las leyendas circulen.

Bolormaa deja ir un placentero suspiro en el coche de Alessandra y Matteo, que las lleva al aeropuerto.

¡Revivir eso! Volver a notar el sabor de la infancia… Ver de nuevo el paraíso perdido.

Ahora sabe que el hilo rojo no volverá a romperse.

Mi alma evoca la estepa, emocionada,
que vuelva la dicha, dulce sazón,
en flores, hierbas, setas encarnadas.
Mi gente y su amor en mi corazón.

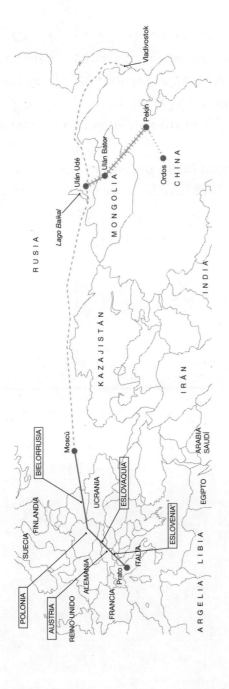

Agradecimientos

En primer lugar, me gustaría darle las gracias a mi editora, Julia Nannicelli, por su bondad, su amabilidad, su talento y la confianza que me brinda. Me alegro de que sea ella quien me la infunde. Sus ánimos han tenido un valor inestimable en los momentos de duda.

Gracias a Annie Poirier, una poeta brillante, por haberme ayudado con sus sabios y amistosos consejos sobre mis modestos cuartetos mientras me debatía entre las rimas masculinas y las femeninas, la cesura épica y el hemistiquio, los hiatos y las «e» mudas, el clásico puro y el neoclásico.

No me olvido de ti, Amedeo, por el ambiente favorable que creas a mi alrededor para que pueda escribir sin ataduras; tú, que siempre aceptas acompañarme en mis escapadas, barrios chinos, yurtas y demás delirios.

Índice

1. Flores	9
2. Tarjeta	41
3. Punto	59
4. Arena	87
5. Música	107
6. Té	119
7. Etiquetas	127
8. Abedul	133
9. Asfalto	145
10. Suciedad	157
11. Hilo	163
12. Óleo	175
13. Cenizas	191
14. Barniz	213
15. Hollín	221

Epílogo   239
Mapa   247
Agradecimientos   249